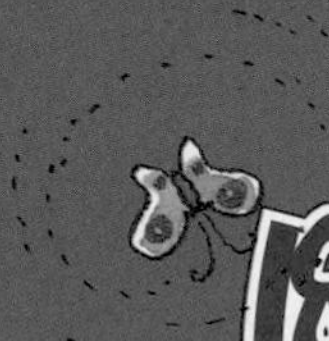

幽默西游

之三

螢光金甲蒙面人

周　銳◎著
洪義男◎圖

序

昨天拿到了去臺灣的機票，一個月後我將飛過海峽。雖然現在從大陸去臺灣已很容易了，我還是有點感慨。二十年前我的作品開始陸續在臺灣出版，但二十年來我只能跟臺灣的朋友和讀者在大陸見面。這次我終於可以跟我的書一起去對岸，去跟我的臺灣讀者在臺灣見面了。在臺灣我會有幾次演講，其中一場是面對故事媽媽，主辦單位要我提供一個題目，我想了想說：「就叫《我是故事爸爸》吧！」在大陸還沒有故事媽媽這樣的團體，所以在臺灣的演講會給我新鮮又親切的感覺。

我已經見到聯經出版公司連續推出的《幽默三國》、《幽默紅樓》和《幽默水滸》，就差《幽默西遊》了。前不久有位臺灣朋友來我家，她正在做以我的作品為選題的碩士論文。在我的書房，她拍了一些照片用作資料，其中拍到一套名為《孫小聖與豬小能》的連環畫，這就是《幽默西遊》的前身。一九八七年，我剛從長江油輪調回上海，在鋼鐵廠當駁船水手。我們經常在一位朋友家裡碰頭，為了合作這套連環畫，一個人編腳本，一個人用鉛筆畫初稿，一個人用鋼筆勾線。有

時候我也必須畫幾筆，比如：孫小聖的兵器石筍和豬小能的兵器石杵，沒法說清楚，我只好畫給他們看。那時還沒有電腦，全用手寫、手繪，傳送文稿和畫稿都得親自搬來搬去。二十幾年過去了，現在的網路傳輸多方便。最近有位江蘇無錫的讀者給我發來郵件，說他小時候很喜歡連環畫《孫小聖與豬小能》，現在人到中年仍沒忘懷。他已無法再買到這套連環畫，問我能不能借他一套複印。我家裡保存了兩套，就把其中一套送給他。因為我很能理解那種童年情結。我的前輩任溶溶先生曾在上世紀六〇年代寫過一篇童話〈沒頭腦和不高興〉，那個叫「沒頭腦」的孩子當了建築師，卻忘記設計電梯，大家只好很辛苦地爬高樓。一個讀過這篇童話的小女孩後來真的當了建築師，她找到任先生，說：「我可從來沒忘記裝電梯啊！」這就是可愛又可貴的童年情結。我希望，再過二十幾年，有臺灣的讀者在大陸或臺灣見到我，或者沒有見到我卻給我發來電子郵件，你們會說：「我小時候讀過《幽默西遊》，我還記得孫小聖和豬小能的故事呢！」這多有意思啊！

周銳

目次

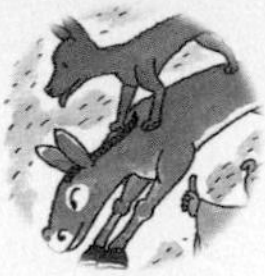
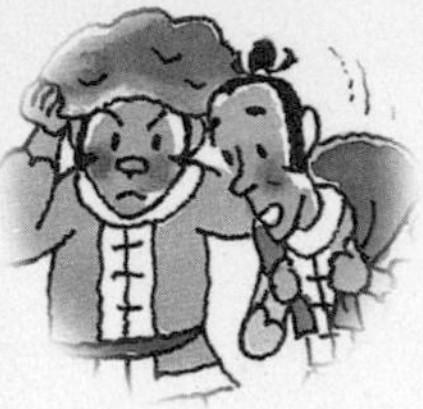

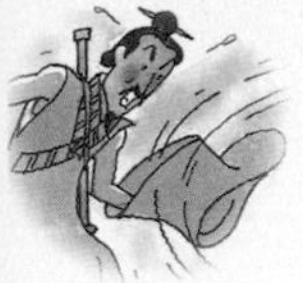

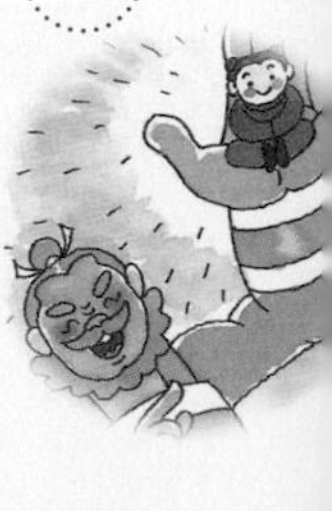
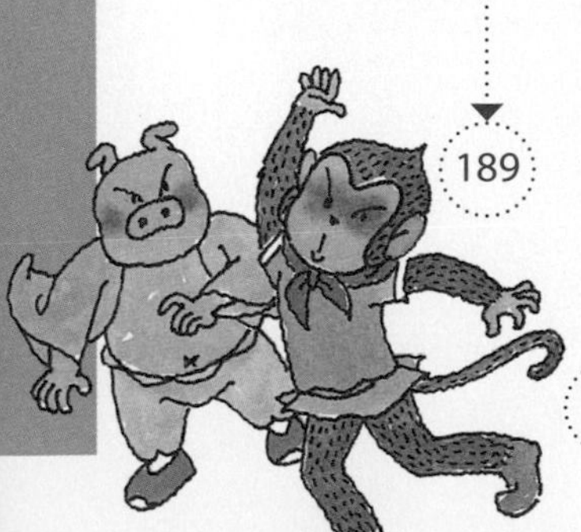

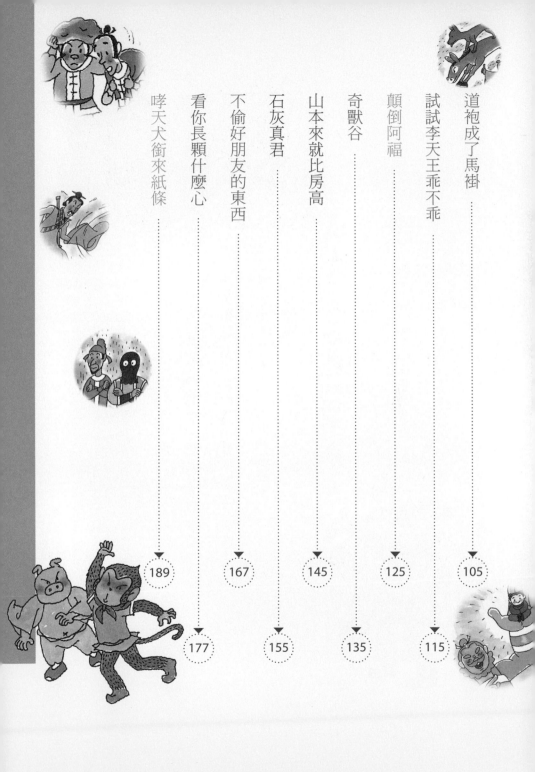

前情提要

太上老君在試新藥「睜眼安眠藥」時，被兩個童兒瞧出破綻，結果真是睜著眼讓他們偷走寶貝，下凡當妖怪去了。

當楊戩和李天王準備領兵降妖時，小聖和小能早就出發潛入妖怪金、銀二角大王的蓮花洞了……

蔥頭國空戰

小聖和小能拿著假葫蘆去見金角、銀角。

「二位大王，這是我們在廚房裡撿到的。」

「哈，」金角笑道，「葫蘆是假的，你們兩個倒是好樣的！」

銀角說：「複試通過了，祝賀你們成為正式的小妖。」

小聖端詳著假葫蘆，故意自言自語，「這是假的嗎？不知真的是什麼樣子？」

金角將葫蘆遞過來，「瞧，這才是真貨！」

小聖雙手托著兩個葫蘆，「我有一點弄不懂，二位大王！」

「嗨。」

金角和銀角毫無防備地順口應了一聲，腳跟立刻離了地，連說句「糟了」都來不及……

只聽見葫蘆裡大發抗議：「兩個人裝一個葫蘆，太擠了！」

好心的小能趕忙去尋來玉淨瓶，叫聲：「金角大王！」金角一答應，便立刻飛出葫蘆，進了淨瓶。

小能問：「現在好受一些了吧？」

瓶裡說：「最好把我們放出來。」

葫蘆裡說：「我們只是想下凡散散心，

沒做過壞事呀！」

「這倒真的。」小能對小聖說：「再說他們也放過我們一次。」

「無論怎麼說，他們還是妖怪呀！」小聖說。

這時，聽見外面有人呼喊。小聖、小能拿著葫蘆和瓶兒走出蓮花洞。原來是楊家兄弟來了，他們把楊戩、李天王幹的勾當對小聖、小能說了一遍。

小能很氣憤，「竟想發妖怪財，良心根本就壞了！」

小聖說：「咱們一起去，打爛他們的如意算盤。」

＊＊＊＊＊＊＊＊＊＊＊＊

這邊小夥伴們駕雲動身，那邊蔥頭國裡，百姓們已經湊集到一大缸銀子，準

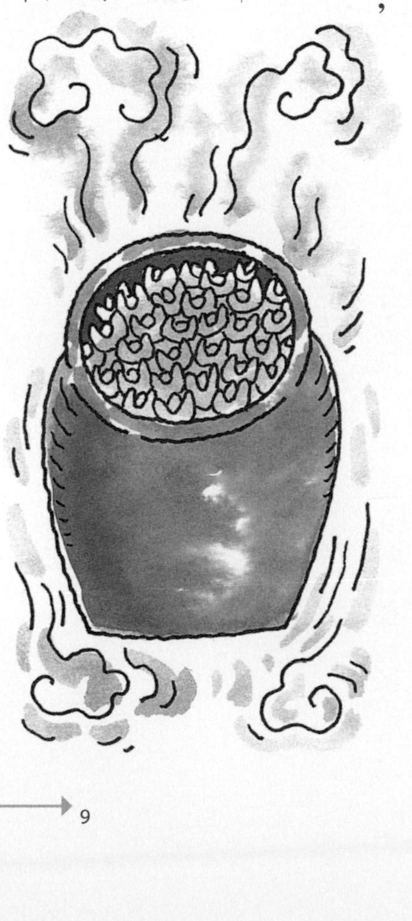

備敬獻給為他們除妖怪的天神們。

楊戩、李天王按照地圖轉了一圈，又回到蔥頭國上空。

他們大模大樣向下發話：「妖怪快要來啦，你們的銀子準備好沒有？」

只聽身後有人搶白：「妖怪已經來啦，就看你是不是打得過？」

是小聖他們及時趕到了。

楊戩睜大三隻眼，「妖怪在哪裡？」

小聖、小能將兩件寶貝口朝下——

金角和銀角鑽出來，舒舒筋骨，深吸幾口新鮮空氣。

楊戩立刻放了心，擺出英雄架子，「哦，一共才兩個妖怪，我和李天王完全能對付。」

小聖撇撇嘴，「妖怪比你們好，我們來幫妖怪——不，我們來當妖怪！」

小能很高興能當妖怪。金角、銀角，加上小聖、自己，「這樣就有四個妖怪啦！」

楊戩暗暗吃驚，但還是硬一硬頭皮，「不怕，四個妖怪也不怕！」

楊家兄弟悄悄議論。

不輸說：「這麼說，妖怪是好人，爸爸是壞人。」

不敗說：「那我們也當妖怪！」

李天王臉色發白，悄悄對楊戩說：「老弟，已經有六個妖怪啦！」

這時，底下的蔥頭國國王問宰相：「如果天神打不過妖怪，我們是不是就不用交錢了？」

宰相想了想，「但不知妖怪要不要錢？」

小聖回答宰相：「不要錢，妖怪替你們省錢。」

蔥頭國臣民交頭接耳，一片鬧哄哄。

楊戩急了，揮一揮三尖兩刃刀，「你們到底擁護誰？」

臣民們齊聲高呼，「擁護妖怪！」

妖怪覺得是鼓舞，天神覺得是侮辱，一定要一決勝負。

於是空中大戰開始。李天王搖一搖他那鎮魔塔上的金鈴兒，妖神雙方分成兩組展開較量。

甲組：李天王——豬小能、金角、銀角

乙組：楊戩——孫小聖、楊不輸、楊不敗

楊戩還有一條哮天犬，在一旁急得亂叫，被楊不敗踢了一腳，逃得遠遠的了。

蔥頭國的男女老少一齊來當啦啦隊，大叫：「妖怪加油！」

李天王一邊打一邊警告豬小能：「你那石杵要使得當心一些，我這寶塔可是文物，砸壞了你賠不起。」

楊戩對小聖說：「我不忍心贏你們。」

小聖說，「不害臊！你根本沒法贏。」

楊戩狡辯說：「真的，因為我的兒子不能輸、不能敗。如果我贏你們，我兒子就要改名叫『楊輸』、『楊敗』，那多難聽。」

就這樣，李天王和楊戩都有了不打下去的藉口，可以面無慚色地逃走了。

一邊逃，楊戩悄悄說：「咱們到別處去收錢。」

小聖對夥伴們說：「不能讓他們再去騙人！」

他們商量一下。小聖手托葫蘆，小能手托淨瓶，冷不防大叫：「二郎神！」「李天王！」

楊戩、李天王沒來得及回頭，隨口應一聲。

真靈！楊戩飛進紫金紅葫蘆，李天王飛進羊脂玉淨瓶。

小能問夥伴們：「咱們還回平頂山蓮花洞當妖怪嗎？」

小聖說：「回天上去吧，我爸爸、你爸爸可能急壞啦！」

金角對銀角說：「我們也散過心了，該去替老君燒火煉丹了。」

蔥頭國的百姓們依依不捨，天上地下揮手告別。

而天上的悟空和八戒，等兒子把脖子都等長了。

好不容易見到小聖、小能一夥從雲層中冒上來，悟空歡呼：「啊，孩兒們捉妖怪回來了。」

小能糾正他，「應該說『當妖怪回來了』。」

那金角和銀角回到兜率宮，自動換上工

作服，把葫蘆、瓶兒交到老君手中，「寶貝還給您，我們燒火去了。」

「唔，」老君沒好氣地說，「下回要走前，請打個招呼！」

老君一扭頭，見楊不輸、楊不敗在窗外探頭探腦。

老君問：「你們找什麼？」

哥倆說：「找爸爸。」

老君只見掌中的葫蘆、瓶兒滾動起來。

倒一倒，倒出楊戩和李天王。

老君有些驚訝，「你們二位怎麼在裡面？」

老君的呼牛琴

這天，玉帝正在凌霄殿上與群臣商議天庭大事。

忽然聽見一陣亂吵吵，「嘶——！」「嘶——！」

玉帝不高興了，「誰在學馬叫？」

誰敢這樣放肆？這是真的馬叫。

一群天馬，橫衝直撞，闖上殿來。

玉帝下令：「快抓住牠們！」

可是天馬沒這麼好抓，大家被撞得東倒西歪，無可奈何。

天馬們在殿上轉了一圈，留下許多馬糞，又跑掉了。

玉帝一邊用袖子擦著臉上的馬蹄印，一邊問：「養馬官哪去啦？真害人！」

太白金星奏道：「他請三個月的病假。現在天馬沒人管了。」

玉帝想了想，說：「孫悟空當過弼馬溫，反正他閒著沒事，讓他管三個月天馬吧！」

天郵使飛毛腿立刻去悟空家傳旨。

悟空正和八戒商量要去流沙河看望沙師弟，聽到聖旨，嘟噥說：「再去當一回弼馬溫？還真不想……」

但孫小聖來勁了，「爸爸，我替您去吧，這下有馬騎啦！」

豬小能也吵著要一起去。

八戒忙勸兒子，「別去！養馬是苦差事，爸爸捨不得你。」

「不過，」悟空說，「只能吃甜不能吃苦，也成不了材。」

小哥倆高興地直嚷：「對！對！」

三比一，八戒沒話說了，「那就去吧。——小心被馬踢著！」

小聖和小能便駕起雲頭，直奔御馬監。

御馬監外，馬夫們迎接新官上任。

兩個馬夫一胖一瘦，一唱一和：

「今後請二位大人多指教！」

「多照應！」

小能覺得挺彆扭：「怎麼叫咱們『大人』？」

小聖朝二馬夫揮揮手，

「隨便點吧，不要這樣一本正經。」

瘦馬夫說：「隨便點？那就叫『頭兒』吧！」

胖馬夫說：「對，一個叫『孫頭兒』，一個叫『豬頭兒』。」

小能說：「『豬頭』太難聽了。」

胖馬夫說：「聽慣了就不難聽啦！」

二馬夫幫小哥倆穿上官袍，戴上官帽。

可這官袍又重又長，一走路就跌跤，太不方便了。

急得他倆脫了官袍，扔了官帽。

「不穿這些了，」小聖吩咐馬夫，「領我們去看看天馬吧！」

二馬夫遵命帶路，領著「頭兒」進了馬廄。

可是，槽頭空空的，連根馬毛都不見。

小聖問：「天馬呢？」

馬夫說：「都跑了。」

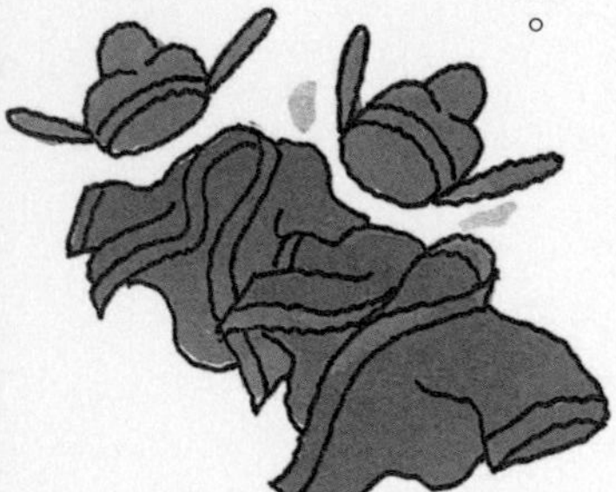

小聖立刻下令，「東、南、西、北，咱們分頭去抓！」

兩個馬夫懶洋洋答一聲：「遵命。」

等到小哥倆一東一西駕雲遠去了，瘦馬夫對胖馬夫笑道：「夥計，讓他們去忙，咱倆歇歇吧！」

果然，小聖和小能折騰得鼻青臉腫，身上髒兮兮，空手回來了。

小能問兩個馬夫：「你們也一匹都沒抓到？」

「是啊，」馬夫們一臉無奈，「兩條腿哪能追得上四條腿？」

小哥倆懊喪極了。小聖想發火，小能想哭。

總得想個辦法。

小聖想到，「聽說老君爺爺有張『呼牛琴』。他的牛跑得再遠，琴聲一響就回來了。」

「對，」小能說，「能呼牛就能呼馬，去借來試試！」

小聖和小能立刻趕往老君居住的兜率宮。

叮叮！咚咚！老君正在對牛彈琴。他那頭青牛趴在一邊，聽得搖頭晃腦。

小哥倆上前施禮。

小聖說：「老君爺爺，向您借琴用用。」

小能說：「放心，不會弄壞的。」

老君很爽快，說借就借。

小哥倆謝過老君，抱著寶貝琴興高采烈返回御馬監。

兩個馬夫一見這琴，挺懷疑的，「這管用吧？」

小能便催著小聖，「快來試試！」

小聖記性好，便彈起從老君那兒聽來的曲子。

「真好聽。」小能對兩個馬夫說，「快拍手！」

「遵命！」兩個馬夫趕緊鼓掌。

此時，騎著青牛的太上老君來到道德天尊門前。

道德天尊聽見牛叫，出門迎接。

老君說：「我來找個下棋的對手。」

天尊說：「一定殺你個落花流水！」

正說著，那青牛忽然馱著老君扭頭就跑。

天尊在後面喊：「怎麼，害怕啦？」

老君說：「誰說我害怕？我是身不由己！」

青牛一路狂奔，把老君帶到御馬監。

原來，琴聲沒引來天馬，引來了老君的青牛。

「有意思，有意思！」兩個馬夫哈哈大笑，拍手拍得更響。

老君好氣又好笑，對小哥倆道：「怪你們沒說清楚。我彈的是〈呼牛曲〉，對馬毫無用處。」

小能便說：「老君爺爺，那您把〈呼馬曲〉教給我們吧！」

老君為難地搖搖頭，「可我只會呼牛，不會呼馬。」不過他又建議，「八仙中的韓湘子精通音律，可以找他幫忙。」

於是小聖和小能又趕緊前往蓬萊仙島。

八仙正在聚會，聽韓湘子吹笛，這笛兒果然吹得出神入化。笛聲一起一伏，海潮一漲一落。聽說小哥倆要找回天馬，八仙都願盡力相助。

張果老特別熱心，說：「〈呼馬曲〉我不會，但我會唱〈呼驢曲〉。」

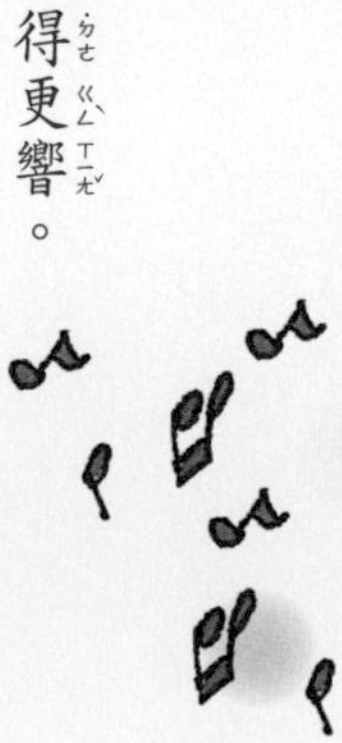

不管人家愛不愛聽，張果老說唱就唱，立即表演〈呼驢曲〉——

漁鼓兒敲起，
道情兒唱起，
張老漢騎驢倒著騎……

「我來教你們唱這曲兒吧，」張果老很有自信，「驢和馬差不多，包準管用。」

可是小能擺著手叫起來，「不行，已經吃了『差不多』的虧了。」

小聖便懇求韓湘子道：「韓叔叔，就請您作個曲子，只要馬愛聽。」

韓湘子答應了。轉眼間，他琢磨出一支曲子，「讓我先試吹一下。」

美妙的樂曲流出笛孔……

張果老說：「唔，比我的〈呼驢曲〉要強一些。」

只見空中飄來一朵彩雲。

小能拍手叫：「妙啊，妙！」

小聖提醒小能，「你看那雲上有什麼？」

小能定睛一看，「咦，這不是廣寒宮嫦娥仙子身邊的玉兔嗎？」

小聖便對韓湘子說：「錯啦，成了〈呼兔曲〉啦！」

馬跳蚤和豬跳蚤

那玉兔下了雲頭，朝大家施禮，問道：「找我有事嗎？」

小聖說，「沒事。不過以後就知道怎樣找你啦。」

玉兔便又一蹦，跳上彩雲，飄飄搖搖轉回廣寒宮。

韓湘子重新作一曲，「讓我再來試吹。」

笛聲響起。不一會兒，引來一條大蛇。

呂洞賓立刻拔出寶劍，想要顯顯身手。

「別亂動！」空中有人大喊。

原來這是蛇的主人，四大金剛之一的魔禮壽。

魔禮壽氣呼呼地說：「我這蛇可乖了，剛用牠晾汗衫、晾褲子的，沒想到你們一吹笛，把我的『繩兒』吹跑了……」

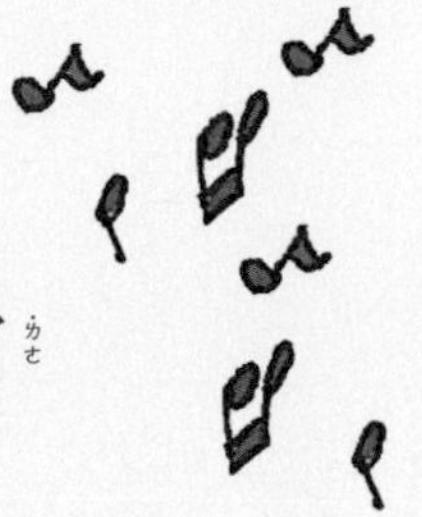

韓湘子忙向魔禮壽道歉。

小聖又忙向韓湘子道歉，說：「你是為了幫助我們才出錯的呀！」

魔禮壽說：「既然這樣，我也不生氣了。」他把他的大蛇往脖子上一繞，回去繼續晾他的衣服了。

韓湘子對小哥倆說：「這〈呼馬曲〉真不好作。算我沒能耐，不用再試了吧！」

「不，再試，再試！」

小哥倆不灰心。

韓湘子就又試一曲，可這第三支曲子又成了〈呼狗曲〉。

空中來了一條狗。小能認識，「這是二郎神的哮天犬。」

緊接著，狗主人也出現在雲端。

二郎神大模大樣地宣布，「你們借用我的狗，要付出租費。」

小能罵他：「真是貪財！」

＊＊＊

好不容易，最後終於作成〈呼馬曲〉，引來兩匹天馬。

孫小聖、豬小能騎上天馬，向八仙告別，「多謝幫忙！」

回到御馬監，小聖和小能彈起〈呼馬曲〉，找回了其餘的天馬。

天馬聚齊，槽頭興旺，兩位小弼馬溫忙著去找仙草，給天馬添加營養。

可是胖馬夫來報告：「二位頭兒，糟糕了，天馬們在外遊蕩太久，身上都有

跳蚤了！」

「趕快打跳蚤呀！」

小聖和小能帶著馬夫手忙腳亂打起跳蚤來。

但跳蚤會跳會蹦，打了半天，把馬屁股打腫了，跳蚤一個都沒打到。

幾天下來，天馬們被跳蚤弄得吃不好、睡不好，全都瘦了一大圈。

小聖和小能發起愁來：「怎麼辦？」

學問淵博、足智多謀的太白金星路過御馬監，小聖和小能趕緊拉住他

請教。

金星命馬夫牽來一匹天馬，撥開馬鬃仔細檢查，卻搖搖頭，「唉，上了年紀，眼力不行了。跳蚤看得見我，我看不見跳蚤了。小聖，小能，你們看得見跳蚤，告訴我，牠們是什麼模樣。跳蚤有很多種，所以你們要說清楚些。」

「這……這怎麼說得清楚？」這可難住了小哥倆。

「這樣吧，」小能說，「我照著樣兒變一個跳蚤，變大些，金星老伯就看得清楚了。」

「可是，」小聖提醒小能，「咱們的七十二變裡好像沒包括跳蚤。」

小能說：「試試吧，也許能行。」

小能念了口訣，搖身一變……

小聖聽見「瞿瞿」的叫聲，笑道：「這哪是跳蚤，明明是蟋蟀！——讓我來試試。」

小聖也念了口訣，一眨眼變成一隻小蟲，落在金星掌中，可他也沒變對，變成了蜘蛛。

金星讓小哥倆恢復了本相，說：「只好抖擻精神，使出我的『放大法』了。」

金星便從懷中掏出一枝筆，在馬身上寫了個「大」字。然後用兩個指頭指定「大」字，嘟嘟囔囔唱道：

老漢雙眼花，

來使放大法。

汗毛成樹木。

芝麻變西瓜。

大！大！大！

說大就大，那天馬像吹了氣似的一個勁地長起來，天馬身上的跳蚤也就跟著長大。到跳蚤長到核桃那麼大時，金星才叫停。

「你們瞧，」金星說：「黑腳金背，這是一種很厲害的馬跳蚤。」

小聖問金星：「有對付馬跳蚤的藥水或藥粉嗎？」

金星說：「都沒用。但有一種豬跳蚤能打敗馬跳蚤。」

金星收起放大法，告別出門，駕雲回府。

說者無心，聽者有意。豬小能趕緊找了個避人的角落，把衣服全脫了。他希望能在自己身上找到豬跳蚤，可是翻了半天，「怎麼一個也沒有……」

小能跑回家去。

他氣喘吁吁地對八戒說：「爸爸，我要……我要……」

八戒一把摟住小能，「兒子，要什麼儘管說。只要爸爸有，什麼都給你。」

小能問：「爸爸，你有跳蚤嗎？」

八戒把臉一沉，「什麼話！爸爸最乾淨了，怎麼會有這個！」

小能不信，伸手到八戒懷裡亂掏亂摸。弄得八戒直叫，「別掏別掏，真的沒有……好癢，呵呵呵！」

八戒被小能纏得沒法，說出：「聽說下界肥豚國有這種豬跳蚤……」

小能說：「那我馬上去找。」

「你去？又要讓我不放心。你去還不如我去吧！」

八戒向來怕跑腿，可是為了讓兒子能當好弼馬溫，當爸的只好辛苦一趟了。

當神仙的能騰雲駕霧真是方便，只花了一頓飯時間，八戒已經去而復返，但去的時候平平穩穩，回來時候跳跳蹦蹦——給懷裡的跳蚤咬的！

這個好爸爸滿頭大汗進了門，「兒子，我給你找來一對，一公一母……」

「謝謝爸爸！」

可是一對豬跳蚤不夠用，小能就把牠們養在身上，讓牠們生小跳蚤。養跳蚤的滋味當然不好受，「哇，癢死啦！可是一定要堅持住！」直到生了好多豬跳蚤，小能才把牠們撒到天馬身上。

兩種跳蚤在天馬身上擺開戰場。

瘦馬夫叫：「上啊，別愣著啊！」

胖馬夫叫：「瞧，咬住了！」

一番惡鬥，漸漸分出勝負。

小聖拍著小能笑道：「豬跳蚤果然比馬跳蚤厲害！」

兩個馬夫卻另有打算。他們悄悄地把豬跳蚤和馬跳蚤一對一對裝進小盒子裡……

第二天，胖馬夫對小能說：「豬頭兒，我有事請一天假。」

小能說：「行，去吧！」

胖馬夫來到天街，擺開地攤。

他吆喝著：「鬥跳蚤，其樂無窮！進口的，名貴品種！」

仙人都是閒人，正沒事做呢！現在見有新鮮玩意兒，全都圍攏過來，伸長脖子看鬥跳蚤。

立刻有人掏錢了，「給我一對！」

「我先來的！」

生意好極了。不一會兒，一盒盒跳蚤都銷售一空。

胖馬夫回到馬廄，正要打開錢包和瘦馬夫分好處，見小能走來，便說：「豬頭兒，用您的身體再培育一批豬跳蚤，賺了錢我們對分，怎麼樣？」

小能說：「哼，我才不像你們財迷心竅！」

天宮馬戲團

天馬養得身強體壯，可以派上用場了。

這一天，雷神要駕雷車去南方降雨，來御馬監借馬。

「小弼馬溫，你們好。」

「您好，雷神大叔！」

小聖和小能領雷神到馬廄，「牽去吧，這是最好的馬。」

「不錯，」雷神拍拍馬屁股，誇獎說，「這馬比從前壯實多了。」

雷神走後，又來了雪神。

雪神要駕雪車去北方降雪。

「牽去吧，這是最棒的馬。」小聖和小能對雪神說。

雪神走後，瘦馬夫來申請。

「二位頭兒，我想借馬用用，我老婆要結婚。」

小哥倆不明白，「這是怎麼回事？」

「是這樣的，」胖馬夫幫瘦馬夫解釋，「他老婆跟他離了婚，現在又要和別人結婚。但到底有點交情，託他開開後門……」

小聖說：「公物不能私用，你們是知道的呀！」

正說著，門外又來了李天王。

李天王一邊走一邊哼哼，「吃得太多了，要找匹馬顛一顛，消化消化。」

兩個馬夫立刻迎上前去，故意搧風點火。

「李天王，您又來借馬啦？」

「如今換了頭兒，不好辦啦！」

李天王臉一下子變青了，「我李天王威震九天，有什麼事不好辦？」

他「嘖嘖嘖」進了馬廄，挑了一匹馬就往外拉。

小能大喊：「站住！」

小聖卻朝小能眨眨眼，「讓他牽去。」

眼看李天王就要牽馬出門了，小聖說，「我給他來個『移花接木』。」

小聖指著一個爛木槽，口念咒語，「換！」

霎時間，只聽二馬夫驚叫，「牽去的馬又回來了！」

那李天王呢，抬著下巴背著手，神氣十足向前走。突然覺得韁繩一緊，「嗯？這馬怎麼不動了？」

李天王回頭看，見手裡的韁繩拴在一個爛木槽上。

「小壞蛋，太可惡！」

按照慣例，李天王是非發脾氣不可的。但他想到醫生囑咐過：一天最多只能發一次脾氣，否則對心臟不好。他剛才已經發過一次脾氣，不能再發了。但這第二次脾氣要是不發出來，又太沒面子了。

李天王正猶豫著，見二郎神楊戩走了過來，便想聽聽楊戩的意見——到底該不該發脾氣？

楊戩冷笑一聲，「占便宜要占大便宜，老兄太小兒科了。瞧我的吧！」

楊戩去找玉帝。

見玉帝正無聊地跟王母玩猜拳。

「五魁首啊，六六順啊，四喜財啊，八仙過海……」

說好了：誰贏一次，多吃一頓飯；輸一次，少吃一頓飯。

玉帝老是輸，已經輸了三千多次了，也就是說，他應該絕食三年，不吃一點東西。神仙不吃東西是餓不死的，但要知道，吃東西是神仙生活中最重要的樂趣呀！

楊戩想討好玉帝，就建議改變規則，誰輸一次，多吃一頓飯；贏一次，少吃一頓飯。

改變規則後，玉帝還是一個勁地輸。

等到玉帝輸到不需要再絕食，心情好一些了，楊戩就趁機提出：「陛下，御馬監養了那

麼多馬，開個賽馬場好嗎？」

玉帝一聽，「賽馬？好玩！就這樣辦吧！」

經玉帝批准，首次賽馬在南天門舉行。

各路神仙都來看熱鬧。

哮天犬高叫三聲，讓大家安靜下來，二郎神就出來講話：「我奉旨主持本次賽馬，祝大家好運氣，發大財！」

接著介紹參賽的馬。所有的賽馬都在胸前掛上標誌，分別寫著「甲」、「乙」、「丙」、「丁」、「戊」、「己」、「庚」、「辛」……

「首先出場的是甲馬和乙馬。」楊戩宣布，「請大家看準優劣，下好賭注。」

甲馬顯得特別強壯，所有的觀眾都把賭注押在甲馬身上。

只有楊戩和李天王賭乙馬能贏。

觀眾中，小能問小聖：「他們搞什麼鬼？」

小聖說：「別急，先看看再說。」

騎手已經各自上馬。

只見楊戩將令旗一揮，兩匹馬「嗖」地射了出去……

觀眾們狂熱地為甲馬助威。

好，果然甲馬領先了！

可是……甲馬怎麼越跑越慢了……

甲馬漸漸被乙馬追上。

最後，出乎大家的預料，竟是乙馬取勝！

這可把楊戩和李天王樂壞了，「我們贏啦！」

「慢！」小聖和小能衝出來，「我們要檢查檢查！」

先查得勝的乙馬，沒查出什麼來。

楊戩問：「怎麼樣？」

李天王說：「沒作弊吧！」

再查甲馬。

從甲馬的馬鬃裡找出一個螺絲——不，是個很像螺絲的小寶塔。

迎風晃一晃，寶塔就長高了。大家都認得，這是李天王的鎮魔寶塔。

全場大亂！

李天王汗出如豆，慌忙供出：「是二郎神借了我的寶塔，壓得甲馬跑不快……」

孫小聖便站出來指揮大家，「刮他們老臉皮！」

大家就一齊動作，伸出個指頭在臉上使勁刮。

楊戩、李天王的臉皮本來就是雙料的厚臉皮，哪裡會怕羞。但今天是高手雲集，神力難敵，再不逃避，只怕真會把臉皮刮破。三十六計走為上策……

小能對小聖說：「瞧他們跑得比馬還快！」

各路神仙一番好笑，紛紛散去。

看臺上剩下玉帝，在那兒嘟囔：「說好賽馬的，怎麼不賽啦？」

小聖有個新主意，「賭博沒好處，還不如辦個天宮馬戲團。」

「馬戲團？光是幾匹馬跑來跳去？」

「花樣多著呢，您等著瞧吧！」

小聖和小能又去借來老君的琴。

先彈起〈呼兔曲〉。

彩雲飄出廣寒宮，玉兔被召來了。

〈呼蛇曲〉引來魔禮壽的蛇。

〈呼驢曲〉引來張果老的驢。

哮天犬聽見〈呼狗曲〉也跑來了，牠為主人難為情。

為了讓大家樂一樂，普賢菩薩的青獅、文殊菩薩的白象也被送來馬戲團。

玉帝見有熱鬧可看，就對孫小聖、豬小能說：「好，朕封你們為天宮馬戲團正副團長，不過不付工資的。」

小聖和小能立刻開始排練：

讓張果老的驢馱著哮天犬鑽火圈；讓魔禮壽的蛇一頭纏住白象的鼻子，一頭纏住青獅的尾巴，玉兔在上面「走鋼絲」。楊戩和李天王去馬戲團偷看了一回，直搖頭，「真是傻瓜！忙死了拿不到一文錢，有什麼可樂的？」

楊戩和李天王才是傻瓜。不為錢的快樂才是真正的快樂呢！

讓爸爸上一個小當

在小聖生日那天，他得到一件好寶貝，叫「乾坤望遠珠」。

這寶珠原是八戒過生日時，太上老君送的。太上老君哪兒來的珠子？卻是他過生日時彌勒佛送的。那，又是誰送給彌勒佛的？嗯……咱們就別管了吧，反正現在寶珠歸小聖了。

這寶珠有鵝蛋大小，只要拿它對準你感興趣的方向，萬里之外的景色人物全都會清清楚楚地在珠中映現。靠這寶貝，小聖可以看到西天如來怎樣講經，王母娘娘怎樣搽粉，張果老怎樣馴驢，二郎神怎樣餵狗……太有意思啦！

現在，小聖想知道海洋上發生了什麼事。他將望遠珠對準海面，只見一片波濤滾滾，滾滾波濤。再細看，看見波濤中有一座礁石，礁石上孤零零坐著一個男孩。

這不是好朋友小白龍嗎？他應該住在東海，怎麼跑到南海來了？瞧他呆呆的樣子，出什麼事了？

小聖立刻駕雲前往南海。

他準確地向那座礁石降落。

小白龍見小聖來了，一下子高興起來，問小聖：「你也是跟爸爸鬧彆扭，從家裡跑出來的嗎？」

小聖說：「不是的。」

但小聖也就知道小白龍為什麼一個人坐在這裡了。

「有什麼不痛快，跟我說說吧！」

小白龍正想找人說說呢！

那天，小白龍在練習他的飛輪神功，那八寶飛輪將當作靶子的珊瑚礁打得稀巴爛。

這時龍王走來：「跟我走，爸爸有話對你說。」

小白龍跟著爸爸走進水晶宮。

宮中大廳裡，靠牆蹲著一頭大石龜。它只有一隻眼睛，生在額下正中。龜嘴橫銜一枝箭，龜頸套著一張弓。

龍王命侍衛全都退出後，便指著石龜對小白龍說：「去把弓箭取來。」

小白龍上前將弓和箭拿在手中。

「走出九九八十一步。」

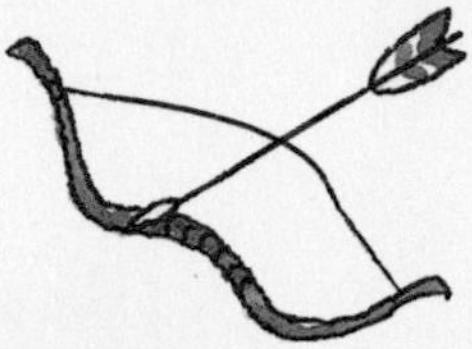

小白龍照辦了。

「瞄準它的獨眼。」

小白龍拉箭彎弓。

龍王一揮袖子——

「噹！」射出的箭不偏不倚，插入龜眼。

只見那龜殼「嘎嘎」作響，緩緩向後掀起。

原來這是個暗道機關。

龍王領著小白龍走下暗道。

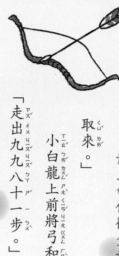

暗道彎彎曲曲通向一座祕密宮殿。

小白龍抬頭一看，宮門匾額上寫著「萬寶館」。

「咦，我從沒來過這兒。」

龍王用鑰匙打開門鎖。推門以前，他提醒小白龍：「當心別刺傷了眼睛。」

宮門一開，光芒四射，小白龍一邊用手遮擋，一邊驚叫：「哇，這麼多寶貝！」

龍王得意地說：「各家神仙中，數我們家寶貝最多。我有心辦一個比寶大會……」

「這可有意思！」

龍王帶著兒子走馬看花地看了一遍。小白龍完全著迷了，看不夠，玩不夠，被爸爸再三催促才勉強離開。

出了暗道，龍王又把小白龍帶到書房。

龍王拿了厚厚一本書遞給小白龍。

書名是——《龍宮寶冊》。

「我們家的寶貝一樣一樣都記在這上面。」

龍王說。

小白龍翻開寶冊，「熱風扇、隱形項圈、禿頭梳子……」有字有圖，十分詳細。

龍王問兒子：「你能把這些寶貝全記住嗎？」

小白龍一邊翻書，一邊隨口答：「這有什麼不能的。」

「好，」龍王指著身後堆得滿滿的一個書架，「你得把我們家的寶貝都記住。」

「啊！」小白龍大吃一驚，「這些都是寶冊？我的天！」

老龍王滿懷期望地說：「要知道，我不光讓人家來看寶貝，還要讓他們看看我有這麼一個聰明的兒子。」

於是，小白龍每天都得坐在書房裡背誦《龍宮寶冊》——

珍珠簾，珊瑚床，

七寶項鍊閃金光……

每天晚上，龍王都來親自檢查。他會捧著書認真對照：「今晚從第十三冊背起……」

小白龍苦惱地想：「真受不了，得想個辦法？」

辦法想出來了。

「爸爸，」小白龍說，「到萬寶館裡邊看邊背，也許會記得更牢些。」

龍王覺得有道理：「好吧，給你鑰匙。」

小白龍就又從石龜暗道來到萬寶館，在眾多寶物中取出兩件：一個隱形項圈，一個傳聲筒。

小白龍出了暗道，剛剛蓋上石龜背殼，就聽見呼喊聲：

「哥哥——」

是妹妹龍女。

小白龍眼珠一轉，悄悄戴上隱形項圈。

龍女跑過來：「咦，明明看見哥哥的，怎麼一下子就不見了？」

這調皮的哥哥又拿起傳聲筒，一個不像是寶貝的小圓筒：

「我再來試試這玩意兒。」

他把傳聲筒貼在嘴邊，對準龍女。

「我是小白龍，你別想找到我！」

奇妙的是，小白龍的話竟從龍女嘴裡說出來。

小白龍哈哈大笑，現出本相。

龍女捶著哥哥：「你搞什麼鬼？」

小白龍向妹妹悄悄提議：「今天晚上，咱們讓爸爸上一個小當……」

＊＊＊＊＊＊＊＊＊＊＊＊＊＊＊＊＊＊＊＊＊＊＊＊＊＊＊＊＊＊＊＊＊＊＊＊

晚上，龍王照舊坐在夜明珠旁，翻開寶冊督查小白龍：「今晚從第二十七冊背起。」

他沒想到，他的女兒戴了隱形項圈，正躲在他身後偷看寶冊。

他見兒子只是看著他咪咪地笑，便催促道：「怎麼啦？快背呀！」

那龍女一邊朝書上偷看，一邊讀出來。只是她用了傳聲筒，使小白龍能夠毫不費力地「背誦」到最後一個字。

如意瓶，月光壺，
三十六顆鎮海珠。

龍王摸著鬍子，聽得很滿意。

龍女開始還覺得有趣，但時間一長就覺得無聊了。她說：「哥哥，我不想再玩了。」

可這話經過傳聲筒，仍然從小白龍嘴裡冒出來。

這就顯得不正常了，龍王訓斥兒子說：「你昏了，叫我哥哥！」

龍女摘下隱形項圈。

這齣「雙簧」結束了。

龍王氣得龍鬚倒豎：「小白龍，我叫你背書，你卻這樣——」

小白龍嬉皮笑臉地說：「爸爸，會使用寶貝，比光會死背強一些吧？」

「哼，死背就是本事！」龍王指望用這節目震驚四座呢！

群仙赴會

小白龍不服氣地想：這麼多寶冊，爸爸能全背出嗎？「爸爸，您背給我聽聽！」

「我……」龍王漲紅了臉，「我希望你比我更有出息！」

他倆就這樣鬧僵了。

小白龍一時任性，從家裡跑了出來。

小聖聽小白龍一番述說，覺得龍王太難為孩子了。但龍宮萬寶館倒是很有吸引力，小聖願意陪小白龍回家。

小聖就問小白龍：「你想家人嗎？」

小白龍說：「倒是有點兒想。」

小聖就給小白龍出個主意：「……怎麼樣？」

小白龍挺高興的：「好，那就快走！」

二人駕雲而行。小聖忽然想起：「小能約好要來找我的，得給他留句話。」

小聖掏出太白金星送的那枝遠距離書寫筆，回身在礁石上寫了幾行字。

他倆貼著海面疾速飛行，不一會兒小白龍就叫：「到分界洋了！」

「什麼？」

小白龍便讓小聖停在雲頭，介紹說：「你現在左腳在南海，右腳在東海。不信你喝兩口水試試，味道不一樣，東海水要比南海水甜一些呢！」

小聖真的去喝海水：「呸！呸！上你當了！都是苦鹹苦鹹的，哪有什麼甜味！」

但小白龍堅持說東海水就是甜的，就是比南海水好喝，比西海水、北海水也好喝。

小聖笑著搖頭：「沒辦法，不管怎樣還是家鄉的好！」

快到水晶宮了，小聖說：「咱倆該改頭換面一下。」

他倆手拉手轉幾個圈，互相變成對方的模樣。

他們一同進入龍宮，迎面遇見一位少

女。小聖變成的小白龍便問，「小姑娘，老龍王在家嗎？」

那少女十分驚訝：「你怎麼這樣說話？」

變成小聖的小白龍急忙對小聖耳語：「這是我妹妹呀！」

小聖趕緊改口：「妹妹，我跟你鬧著玩的。」

龍女這才笑了：「哥哥，你真壞！爸爸可想你啦！」

假小白龍便和假小聖進了內宮。

老龍王一見兒子回來，高興都來不及，哪裡還分得清真假。

假小白龍介紹了假小聖，接著便拍胸脯：「爸

爸，我馬上背書給您聽。」

龍王喜出望外。

聰明過人的小聖可不怕背書。

書架上的全套《龍宮寶冊》很快背完，小聖問：「還有沒有要背的？」

「行了行了，你歇歇吧！」龍王樂得合不攏嘴，「比寶大會快開始了，我得去整理一下我的那些寶貝。」

「那，我來幫您的忙吧！」小聖趕緊抓住機會。

「好吧。出去幾天，我兒子變得勤快多啦！」

小聖被帶進萬寶館，這下可是大開眼界！

* * *

小能最近在做長篇系列連續夢，每夜一集，驚險又有趣。但這系列夢結束得很晚，小能只好放棄早餐，直到午餐快開始了才勉強起床。

聽說小聖去了南海，小能立刻趕到南海，看見那礁石上的留言：

小聖告小能：
龍王要比寶，
寶貝真不少，
咱去看一看，
請到東海找。

小能又趕緊前往東海。他遠遠看見一朵跌跌撞撞的雲。

「是金星老伯！」

小能加快雲速，追了上去。

「金星老伯，去龍宮比寶麼？您帶了什麼？」

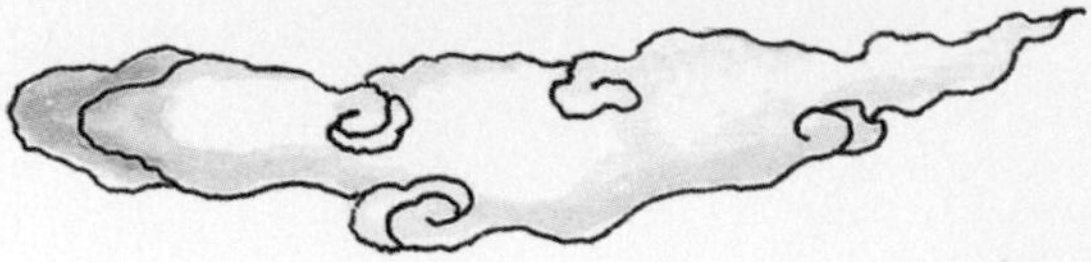

太白金星從水晶盒裡取出一塊墨：「瞧我這墨，經用得很，一千年來，已經磨穿了無數個硯臺。」

小能說：「真是一件寶貝。不過我想，如果您的硯臺也是寶貝，老是磨不穿，這樣寶墨加寶硯，多配套，省得您老要換硯臺。」

金星說：「不是墨磨穿硯，就是硯磨完墨，用了好硯臺，可就顯不出墨的神奇啦！所以這兩件只能選擇一件，另一件做陪襯。不能又賣矛，又賣盾，懂嗎？」

正說著，忽聽有人插嘴：「墨有什麼用，不如我的五味湯是美妙。」

二人回頭看時，只見彌勒佛拿一把湯匙趕了上來。

金星笑著拍拍彌勒佛的大肚皮：「人家說你『大肚能容』，我看你是大肚能吃。」

彌勒佛得意地介紹他的寶貝：「妙就妙在——燒菜燒湯，不用佐料，只要拿這匙子攪一攪，甜酸苦辣鹹，要什麼味有什麼味。」

「嗯？誰說……我醉了？」鐵拐李醉得眼皮都睜不開了，還駕著雲亂撞，「我還要去看比寶會……」

小能讓金星、彌勒佛先行，自己去攙扶歪歪倒倒的鐵拐李：「您醉成這樣，我扶您走吧！」

「什麼？『還有酒』？好，好！」鐵拐李高興極了。

既然一起走，小能便把自己的雲和鐵拐李的雲合成一塊。「可是，鐵大叔，您的雲酒味好重，太熏人了，我受不了。」

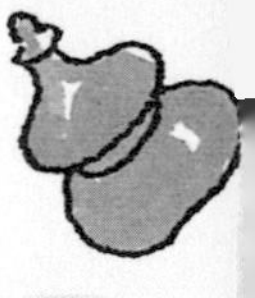

「受不了？」鐵拐李翻翻眼珠，「我……我來受！」

鐵拐李就把腳下的醉雲撕下一大塊，又解下他的大葫蘆，像擰被單一樣，將飽含在雲裡的酒擰出來，滴進葫蘆裡。

鐵拐李「咕咚咕咚」一邊喝酒，一邊說：「我來受！我來……」

這樣一來，酒味果然不那麼重了。但兩個人擠在一小塊雲上，其中一個又是醉漢，這可要小心一些了。

此時，東海龍宮已經準備就緒。

龍王說：「各方神仙快要來了，孩子們，隨我出迎。」

「遵命！」

大家剛往外走，只見孫悟空第一個闖進龍宮。

「大聖還是急性子！」龍王招呼道，「帶來什麼寶貝？」

悟空說：「老孫只想來開開眼，我有啥寶？我的金箍棒還是從這兒拿走的呢！」

龍王說：「你兒子比你還好奇，早就來等著看比寶啦！」

「我兒子？」悟空盯著小白龍變的小聖。火眼金睛，豈容蒙混，「你不是真小聖。何方妖怪，從實招來！」

那假小聖被悟空一把揪住，慌得不知說什麼好。

「快放了他！」真小聖現出本相，衝上前去，「好漢做事好漢當！」

這下龍王犯傻了：「啊？原來兒子是假的！那，我的真兒子呢？」

小白龍也恢復原樣，畏畏縮縮地說：「爸爸，真兒子在這兒呢！」

悟空訓斥小聖：「你為什麼要在這兒搗亂，丟我的臉？」

龍王訓斥小白龍：「你又一次跟我耍花招，我不該寬恕你的。」

這時龜丞相來稟：「太白金星和彌勒佛到了！」

龍王對兒子說：「等會兒再跟你算帳！」

悟空對兒子說：「這事還沒完！」

螢光金甲蒙面人

龍王等人走出宮門迎接仙友。

金星遞過他的水晶墨水匣，龍王細賞一番，連誇：「好寶貝，好寶貝。」

小聖問：「金星老伯，您這墨用水晶盒裝著，怎麼不取出來？」

金星笑道：「一取出來，就會把海水全染黑啦！」

悟空搶過彌勒佛的五味湯匙，舔了兩下。

大家都盯住悟空，問他：「味道如何？」

只見這張猴臉一會兒皺起，一會兒舒開；一會兒閉緊了眼，一會兒張大了嘴。

最後他說：「說不出。這是一種……複雜的滋味。」

彌勒佛謹慎地叮囑悟空：「舔著玩可以，但不能隨便在水中攪動。」

龍王要陪客人，便吩咐小白龍：「把這兩件寶貝放進萬寶館去。」

小白龍捧著寶貝，一邊走，一邊憂心忡忡：「我心裡七上八下的。」

來到石龜前，小白龍彎弓搭箭，瞄準那隻獨眼。他手有點兒抖：「我爸爸說，等會兒還要找我算帳呢！」

「噹！」

這一箭射到石龜的鼻子上。

小聖說：「你不行，瞧我的！」

小聖彎弓搭箭，但他的手也抖了起來。

「不過，我爸爸也說過……」小聖也有心事呢！

「噹！」

這一箭從石龜的舌頭上彈了回來。

暗道打不開，兩人乾脆沮喪地坐到石龜身上。

小聖說：「總得想個法子對付他們。」

小白龍問：「有什麼法子？」

要對付爸爸可不容易。

小聖看見兩樣寶貝，突然急中生智：

「對，就用這兩樣，鬧得他們暈頭轉向！」

「對！」小白龍也恍然大悟，高興起來，

「這樣他們就會忘記跟我們算帳啦！」

小聖先拿五味湯匙在海水裡攪動了一下。

小白龍驚奇地咂嘴品味：「海水變甜了！」

正在巡海的蝦蟹二將最先嘗到甜水。

蟹將軍心存疑慮：「海水一向都是鹹的呀！」

蝦將軍卻已開懷痛飲：「我還要喝，太好喝啦！」

小聖又用湯匙攪了兩圈。

小白龍剛嘗了一口，立刻歡叫起來：「又變酸了！哈哈，我爸爸最怕酸！」

龍王正在客廳陪客人說話，這時捂著腮叫起來：「——我的牙都要酸掉了。」

只有彌勒佛心中有數：「準是誰動了我的五味湯匙。」

龍王怒衝衝出了客廳：「我去把搗亂的兒子找來！」

「哼，我那小聖也一定有分。」悟空隨後跟來。

＊＊＊＊＊＊＊＊＊＊＊＊＊＊＊＊＊＊＊＊＊＊＊＊＊＊＊＊＊＊＊＊＊＊＊＊＊＊

再說小聖，又從水晶盒裡取出千年墨。

「咱們再來試試這個。」

墨色立刻在水中擴散開來，四周變得一團漆黑。

悟空驚奇：「怎麼一下子就天黑啦？」

「我什麼都看不見了。」龍王也叫，「懷珠、抱珠在哪裡？」

兩團光明飄了過來。

原來是兩個蚌女。她們頭戴金冠，背後的蚌殼如羽翼般張開，各捧寶珠一顆，行走處黑暗盡掃。

二蚌女請示：「有何吩咐？」

龍王說：「用你們的珠光，前面引路。」

「遵命！」

二蚌女將寶珠置於金冠之上，便如兩盞明燈。

龍王、悟空等跟著珠光向前搜索。

小聖和小白龍正在黑暗中覺得好笑。

忽聽腳步聲。

忽見兩道白光掃射過來。

小白龍緊張地說：「這下沒處躲啦！」

「有地方躲！」

緊要關頭出現一個蒙面人。

此人披髮赤足，戴個頭罩，穿一件背心式的護身短甲，這短甲還能發出螢光。

「跟我來！」

蒙面人拉著小白龍便走，小聖隨後緊跟。

來到花園裡，蒙面人推開一座假山石，露出底下的一個洞穴。

「哇，」小白龍叫起來，「我從來都不知道假山下有岩洞！」

小聖說：「正好跟他們捉迷藏！」

三人進了洞。蒙面人又移動假山，堵住了洞口。

洞裡沒有光線，但蒙面人的螢光金甲可用來照明。

他們順著長長的臺階向下走。

小聖忍不住問蒙面人，「咱們去哪兒？」

小白龍問：「你是什麼人！」

蒙面人答道：「我是水神共工氏的後代。我們大頭領想找你們問問，上面出了什麼事？」

「那，」小聖又問，「你為什麼要蒙著臉？也許你不懂我們上面的規矩，好人一般是不蒙臉的。」

「哦，別誤會。」蒙面人解釋著，「這跟好人壞人沒關係。是因為孩子發脾氣，被抓了幾下，破了相，不好意思讓人看見。既然你們懷疑，就讓你們看一看吧！」

蒙面人說著就取下蒙面布。

原來這是個青年壯漢，臉上果然有幾道抓痕。

壯漢問：「看清楚了吧？」

「看清楚了。」

壯漢就又把臉蒙上。

他們拐過幾道彎，來到一座石門前。

這門是上下開閉的，像一道閘門。壯漢上前一步，單臂將厚重的石門托舉起來，說：「請！」

他們進入洞中石廳。

兩位少年從廳後走出。

壯漢指著少年向小聖他們介紹：「我兒子來了，他是這兒的二頭領。」

壯漢又轉身行禮：「回稟二頭領，我把龍宮的人帶來了。」

「在這兒等著，」二頭領命令，「大頭領就要出來了。」

二頭領向廳後的通道大聲喊：

「有請大頭領！」

小聖和小白龍趕緊伸長了脖子。

先出來的是儀仗隊。

兩個老翁各持一把長柄斧子，

顫顫巍巍走出來。

最小的指揮最大的

使小聖、小白龍驚訝的是，走在儀仗隊後面的大頭領，竟是一個小娃娃。

那大頭領一邊走，一邊提醒兩位駝背老翁：「爺爺，外公，把腰挺直一些！」

大頭領在石廳中央的寶座上坐下了。

兩位老翁分立左右。

大頭領也讓小聖、小白龍坐下，然後一揮手：「上茶！」

端茶的侍女是大頭領的奶奶和外婆。

大頭領便問：「上面亂哄哄的，出了什麼事？」

小聖回答：「用千年墨和五味湯匙，開大人們一個小小的玩笑。」

說完便把兩件寶貝呈給大頭領過目。

「好樣的！」大頭領極為賞識，「你們願不願意到這兒來當頭領？」

「當頭領？」這倒挺刺激的。

二頭領也在一邊慫恿道：「我們這兒是最小的指揮最大的。」

小聖興奮地與小白龍交換一下眼色，說：「試試看吧！」

大頭領對二頭領說：「你比他倆大一點，你只好當四頭領了。」

於是，按照年齡，小聖當了二頭領，小白龍當了三頭領。

大頭領提出建議：「聽說龍宮在比寶貝，咱們去搬一些來，大家玩玩。」

小白龍有些顧慮：「我爸爸不會答應的，他會生氣。」

大頭領說：「我們有許多勇士，怕什麼！」接著便叫一聲：「共工氏四勇士何在？」

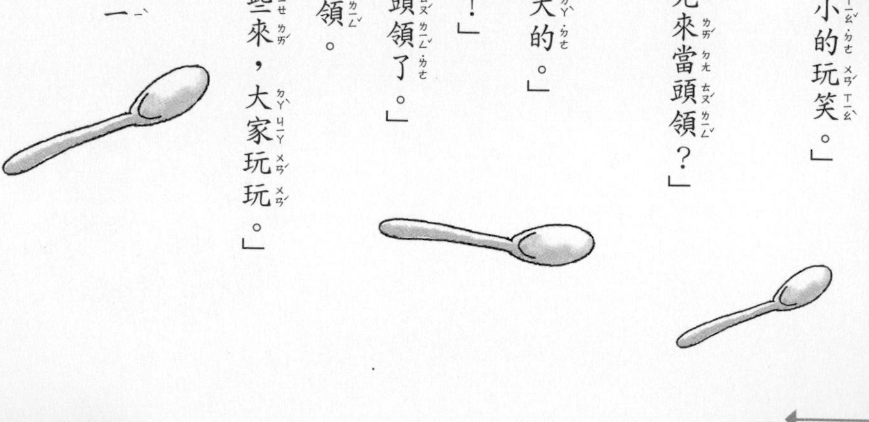

「來也！」

四位彪形大漢應聲站成一排。

大頭領一一介紹：

「這是我爸爸鐵頭，他撞倒過摩天嶺。」

「這是我舅舅扁扁，他有時能變得很扁。當他要擠進門縫時，他可以扁得像一張紙。」

「這位你們認識，被抓破臉的，他是我叔叔水裏箭，在滔天波浪中穿行如飛。」

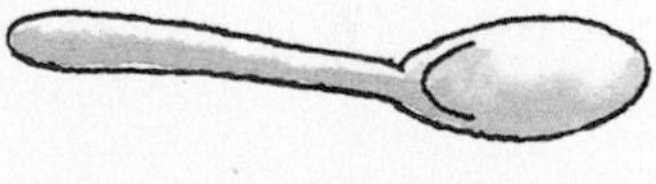

「我姨父不怕暗算，他叫腦後眼。」

小聖對這四人很感興趣：「有意思！真想看看你們四位怎樣各顯神通。」

「好！」大頭領趁機下令，「那就一起走一趟吧！」

兩位老翁和兩位老婦趕緊上前勸阻。

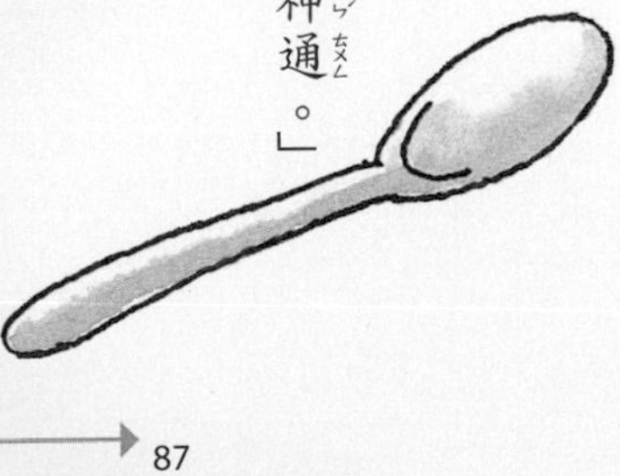

外公說：「去不得！拿別人的東西，不光彩。」

奶奶說：「大頭領，就聽我們一句吧！」

可是大頭領不以為然，拒絕納諫：「我要怎麼樣就怎麼樣！」

四頭領（原本的二頭領）生氣地對老翁老婦們說：「是我們當頭領，還是你們當頭領？」

老翁老婦們不敢再多說了。

四大漢加上小聖、小白龍，興致勃勃地出發了。

＊＊＊＊＊＊＊＊＊＊＊＊＊＊＊＊＊＊＊＊＊＊

再說小能扶著醉漢鐵拐李，總算到了東海邊。

「咦，海水怎麼變黑啦？」小能直發愣。

鐵拐李坐到一塊岩石上，指派小能：「你先下去探探路，我在這兒歇一會兒。」

「咚！」小能跳進黑海中。

可是他暈頭轉向，難辨東西。

他只好又上岸來，對鐵拐李說：「找不到水晶宮啦，什麼都看不見！」

鐵拐李打了幾個嗝兒，打嗝打出了主意。於是解下葫蘆，交給小能：「用這個，把海水吸乾，龍宮不就露出來啦？」

小能蹲在海邊，將葫蘆口朝下，墨汁般的海水便被吸進葫蘆。

小能老老實實吸著海水，鐵拐李卻躺在岩石上睡大覺。

這時，龍王和悟空正為找不到兒子而焦急。

嵌在二蚌女金冠上的寶珠像探照燈一樣縱橫照射，但一無所獲。

一名巡海夜叉慌忙來報：「龍王爺，不好了！海水被吸掉一半啦！」

龍王便說：「咱們出去看看。」

可他剛剛邁出宮門，海水便淹到他的腰了。

大家仰頭看時，只見小能坐在高高的海岸上，手中的葫蘆還在吸著最後的海水。

龍王怒不可遏：「小壞蛋，你好大的膽子！」

悟空也喊：「小能，別胡來！」

小能便將葫蘆口朝上，停止吸水。他挺委屈地說：「是大叔叫我做的！」

龍王罵道：「狗屁大叔！」

鐵拐李醒來了：「喂，別罵人，把這些髒水吸掉有什麼不好？」

「可是，」龍王跳上岸去，揪住鐵拐李，「海裡沒了水，沒了魚鱉蝦蟹，我還當什麼龍王！」

這時觀世音菩薩捧著淨瓶來了。

「別吵了，我來還你一海淨水。」

觀世音將葫蘆中的黑水倒入淨瓶，搖了搖，再倒出來已很潔淨了。潔淨的海水滔滔不絕倒出來，轉眼間又將龍宮淹沒。

* *

再說那群勇士。

腦後眼先從假山叢中探出頭來，前張張，後望望，然後招呼夥伴：「四下沒人，都出來吧！」

小聖和小白龍隨著那些共工後代鑽出岩洞。

六人來到後宮窗戶下。

扁扁變扁了身子，鑽進窗縫，隨即打開窗子，讓夥伴們跳進去。

小白龍帶大家找到那石龜，拿起弓箭就要射，被鐵頭攔住。

「不用那麼費事，」鐵頭說，「瞧我的。」

鐵頭彎腰一使勁，「嘿！」硬是用頭把龐大的石龜拱翻，露出下面的暗道口。

眾人順著暗道到了萬寶館前。

小白龍取出鑰匙要開鎖。

可是，開不開。「糟糕，這鎖是新換上的，不能打開了！」

「別急。」又是扁扁變扁了身子，擠進門縫。

扁扁抖開一條口袋，也來不及挑選，「撈進籃裡就是菜」，起勁地裝起寶貝來。

「哈哈，這下大頭領可樂的啦！」

但當扁扁背著裝得滿滿的大口袋回到門前，這才傻住了。

門外傳來夥伴們的囑咐：「扁扁，多裝點兒，別怕重！」

扁扁挺為難的：「我扁扁能變扁，可這些寶貝沒法變扁，帶不出去呀！」

門外的小聖靈機一動：「扁扁，裡面應該有個開門風車，快把它找到！」

小白龍也說：「對，《龍宮寶冊》第八冊裡有記錄。」

扁扁就趕緊去找寶貝風車。

開門風車和翻眼戒指

這時龍宮門前又來了新客人。

悟空隨龍王出門一看，原來是取經路上的熟人。「哦，鎮元子老兄，帶來什麼好寶貝？」

鎮元子從袖中掏出一個盤子，上面蓋著金鐘罩，對悟空笑道：「我被你偷人參果偷怕了，便煉出這『指盜金人』。」

悟空問：「有何妙用？」

鎮元子揭開金鐘罩，只見盤上的金人一隻手向前指著，「一有盜賊，這金鐘

罩便叮叮敲響。掀罩看看金人手指，就知賊在何方。」

鎮元子把指盜金人交給龍王。

龍王剛剛接過這寶貝，「叮叮！叮叮！」金鐘罩立刻就響了起來。

龍王吃一驚：「怎麼？我們家有賊啦？」

他掀開鐘罩，看看金人往哪兒指，「不好，金人指著萬寶館方向！」

＊＊＊＊＊＊＊＊＊＊

萬寶館門外，水裏箭等捶著門急催：「扁扁，那風車找到了沒有？」

扁扁手拿一個小風車：「找是找到了，可我不知怎麼用？」

小聖隔門傳授：「寶冊上寫著：吹起風車，讓它對著門縫轉。」

扁扁就照這法子吹起風車。

風車呼呼地轉起來。

門外的人覺得冷颼颼。一股勁風從門縫衝出，只聽「噹啷」一聲，那把大鎖斷落在地。門開了，扁扁背著大口袋走出來，手裡拿著那個寶貝的風車。大家好高興，為扁扁歡呼：「哈哈，哈哈，哈哈哈！」

「別笑啦！」

他們扭頭一看，說話的是龍王。

「領著孩子拿別人東西，你們也不害羞？」龍王對幾個大漢劈頭就罵。

悟空也指責兒子：「小聖，你真不像話！」

腦後眼嬉皮笑臉地向龍王辯解：「我們只是為了讓孩子高興高興。」

他腦後的兩隻眼睛眨巴眨巴，對著躲在後面的小白龍做怪相，小白龍被逗得忍不住哧哧地笑。

「可是，」鎮元子走來插話，「也不能什麼事都依著孩子呀！」

鐵頭火了：「你這道士，少管閒事。」

說著一頭向鎮元子撞去。

鎮元子不慌不忙，閃身躲過，讓鐵頭撞在正想偷襲的水裏箭胸口。

四勇士站成一排，同時進攻。

鎮元子說一聲：「進來吧！」雙袖舞動，轉眼間四勇士盡被裝入袖中。

悟空一旁看見，心想：「這道士當年就是用袖子裝了我們師徒！」

龍王請求鎮元子：「大仙，請把我這不爭氣的兒子也抓住。」

小白龍說：「不！」

鎮元子自語：「我該聽大人的，還是該聽孩子的？」

龍王說：「聽大人的，因為你自己也是大人。」

鎮元子說：「對。」

鎮元子抬起袖口，對準小白龍。於是小白龍也身不由己飄起，朝黑洞洞的袖子飛去。

小聖不得不緊張了：「下一個就要輪到我啦！」

急中生智，小聖趕緊將手伸進身旁的大口袋。裡面都是寶貝，順手撈一件，說不定能救救急。

摸到一個——什麼？一看，是個戒指。戒指上有塊寶石，寶石中有個眼睛圖形，但他一下子想不起這眼睛戒指的用處。是治眼睛的？不對。是有遙測功能？也不對。……千鈞一髮之際，小聖終於想起——這戒指能讓人翻白眼，翻得一點兒東西也看不見。

小聖戴上戒指，對準逼上前來的鎮元子的臉。

「讓你翻白眼！」

戒指射出光芒，鎮元子的眼珠立刻翻了上去。

鎮元子兩手亂摸：「小聖，你在哪兒？」

小聖早已躲到鎮元子身後張牙舞爪起來。

龍王怒吼：「你敢用我的寶貝！」

悟空說：「小聖，快把戒指脫下來！」

一不小心，戒指的光芒射向龍王和悟空，他倆也翻了白眼。

「哈，」小聖樂得跳起來，「正好一起玩『摸瞎子』！」

鎮元子袖中的勇士們一聽這話，一個接一個地從袖子裡溜了出來。

於是你摸我躲地玩開了——

「道士，來捉我！」

「爸爸，我在這兒呢！」

亂哄哄玩得好不熱鬧。

這時巡海夜叉又來報：「赤精子、廣成子到了。」

龍王命夜叉：「快扶我出迎。」

鎮元子高興地摸出去：「哈，二位師兄來得正好。」

悟空仍然看不見東西，又氣又急：「小聖，你竟敢捉弄爸爸，真叫我難過，都怪我寵壞了你。」

小聖無所謂地說：「鬧著玩也不可以呀？魔力一會兒就過去啦，您來數數兒吧。一百不夠，再數二百；二百不夠，再數三百……」

悟空就來數數兒。果然，還沒數到二百五，魔力消除，悟空的眼珠翻了下來。

「小聖！小白龍！」小能跑過來，「總算找到你們了。」

他們正在商量接下來玩什麼，夜叉又來了。

夜叉對小聖、小白龍行禮：「赤精子、廣成子有請二位小仙。」

小白龍說：「他們會不會給我們吃苦頭？」

「怕什麼？」小聖說，「背上這袋寶貝，跟他們玩玩！」

小能說：「我來背。」

他們來到前廳。赤精子、廣成子等候在那兒。鎮元子和龍王的眼睛也復元了。

赤精子對著小聖、小白龍豎起拇指：「早聽說二位小仙好本事，真是佩服極了。」

被誇到的二位洋洋得意，沒誇到的一位卻挺不高興的：「你就沒聽說我小能嗎？」

廣成子捧出一套衣冠：「我倆帶來寶冠和仙衣，你們看漂亮嗎？」

仙衣精緻，寶冠耀眼，誰見了誰喜歡。

小聖取了仙衣：「我穿穿看。」

小白龍拿了寶冠：「我戴上試試。」

小能問：「還有別的嗎？」

等小白龍戴上了寶冠，廣成子便對龍王說：「現在，你怎麼說，你兒子就會怎麼做，不會有半點兒含糊。」

龍王半信半疑：「真的？我試試。」

龍王就對小白龍吩咐道：「兒子，你去搬石頭，把海填平。」

「是，爸爸。」小白龍的動作、表情僵硬如木偶。

道袍成了馬褂

小白龍目不斜視地開步走。

他一塊塊抱來石頭，一次次朝海裡扔……

要是龍王不下停止的命令，他就會一直做下去。

「行了，停下來吧！」龍王試驗得很滿意。

廣成子問龍王：「靈不靈？這叫『乖乖冠』。」

赤精子見小聖已經穿上了仙衣，便對悟空說：「你只須念『收！收！收！』且看如何。」

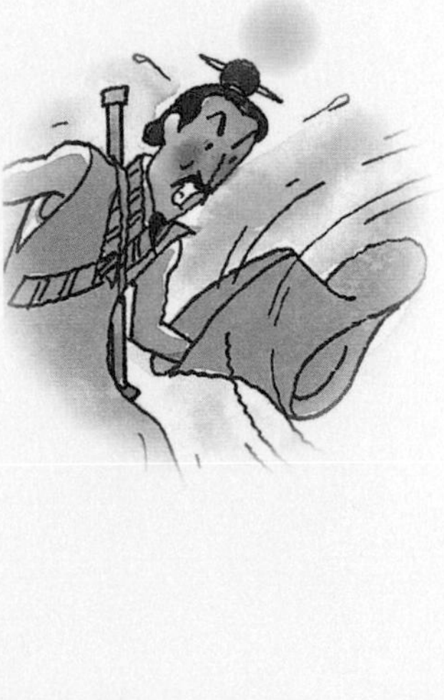

小聖穿著仙衣正搖搖擺擺，作姿作態，悟空念起口訣：「收！收！收！」

「咚」的一聲，小聖立即跪倒在地，縮成一團。

悟空大驚：「怎麼會這樣？」

赤精子說：「這叫『收骨衣』，一穿上就服服帖帖，沒法掙扎了。」

但收骨衣收不了小聖的心，他雖然沒法改變姿勢，卻還能大喊大叫：「我不服！就是不服！」

小聖急忙來幫小聖脫收骨衣，但怎麼脫也脫不掉。

悟空對赤精子發火了：「你怎能這樣對我兒子？」

赤精子也變臉道：「我幫你管教孩子，你別不知好歹！」

悟空怒舉鎮魔寶塔：「我這樣管教你，你受得了麼？」

廣成子一見要動手，說：「想較量？上面比較寬敞！」

於是悟空隨三個道士氣衝衝出了龍宮。

那龍王緊追著勸阻。

小聖身體不能動，心裡很感動：「我爸爸真好！我不該太調皮，使他為難。」

小能趁亂到口袋裡找寶貝。

他摸出一把剪刀：「這也算寶貝？」

小聖瞥見剪刀，高興了：「寶冊上說，這叫『如意剪』，也叫『天下第一剪』，能剪別的剪刀剪不破的東西。」

小能就用如意剪來剪收骨衣。

轉眼間仙衣就成了碎片。

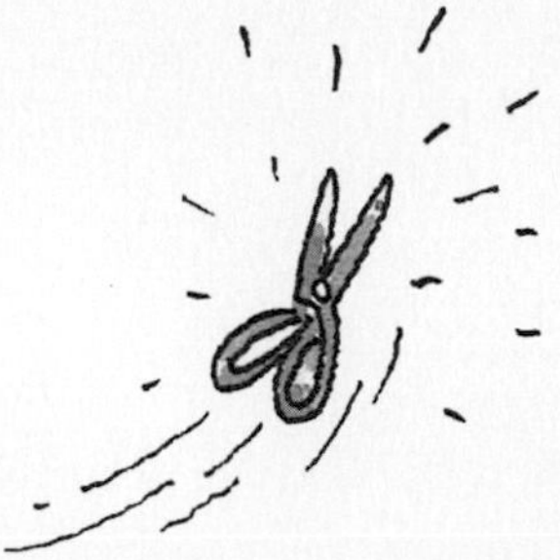

小聖解脫出來，立刻拿起剪刀：「再去剪小白龍的乖乖冠！」

小白龍筆直地站在那兒。

小聖剛剛走近小白龍，龍王回來了。

龍王命令小白龍：「不能讓他們剪！」

「是。」小白龍毫無表情地答應，並朝小聖做個拒絕的手勢，「不許你們剪！」

龍王繼續命令：「把寶貝送回去！」

「是！」小白龍乖乖地背起口袋，「我立刻送回去。」

順著龍王手指的方向，小白龍走了。

小能說：「小白龍真可憐。」

小聖說：「我們去看看上面打得怎麼樣了？」

這時空中已經開戰。三仙執三劍——鎮元子劍上噴出火焰，赤精子劍上發出閃電，廣成子劍上冒出毒霧，將悟空團團圍在中間。

共工氏四勇士趕來參戰。

鐵頭對悟空行禮道：「念你和咱們一樣疼愛孩子，特來相助。」

但悟空不要四勇士幫忙：「我已嘗到溺愛孩子的苦頭，你們過分嬌縱，和我是不同的。」

勇士們只好返回海底洞穴。

水裏箭說：「真是不識好人心！」

扁扁說：「不過他的話也有點兒道理。」

其實那三把劍敵不過一條棒，悟空越戰越勇，把道士們的汗都逼出來了。

赤精子眼看不支，便向鎮元子大喊：「師弟，快用袖子裝人啊！」

「來吧！」鎮元子將袖口對準悟空，悟空不由自主飄了起來，要朝袖子裡鑽……

突然從下面飛來一把剪刀，將鎮元子的袖子齊肩剪開。

鎮元子大驚失色。

但鎮元子硬著頭皮充好漢：

「我還有一隻袖子！」

小聖、小能從下方趕來，小聖說：「給他再剪一刀！」

隨著小聖的指令，如意剪在空中劃了一道弧線，又朝鎮元子

另一隻袖子飛去。

鎮元子二袖盡失，頗為難堪。廣成子調侃道：「師弟，你這道袍只好改成馬褂啦！」

悟空拍拍小聖的肩膀：「好兒子！」

這時，二郎神楊戩帶著哮天犬來了。他擺出一副公正的架式問眾人：「你們為了何事，在此爭鬥？」

赤精子向楊戩訴說一番：「……我們好心幫忙，這猴頭還不領情！」

楊戩頗感興趣地暗想：「乖乖冠，收骨衣，這樣的好寶貝我倒正好用得著。」

原來，楊戩平時很喜歡賭博。每次下了

朝，走在凌霄殿的臺階上，楊戩總要扯一扯李天王，悄悄問：「今天咱們賭點兒什麼？」而李天王總是看不起他：「跟你？根本不在一個等級上！」

確實，無論擲骰子還是猜銅板，楊戩老是輸。有一次他把衣服都輸掉了，還讓哮天犬給李天王看了三天門。

他的兒子楊不輸、楊不敗勸了多少次：「爸爸，下回別再賭啦！」

可是楊戩說：「除非我是你們的兒子。」

這次又要賭：玉帝今天下午吃什麼點心？

楊戩吩咐兩個兒子：「你們去探聽清楚，悄悄給我報個信。」楊戩知道玉帝最愛吃沙其馬和驢打滾，「是沙其馬就學馬叫，是驢打滾就學驢叫。」

楊不輸說：「馬叫是『嘶——』，驢叫是『噢——』，對不對？」

楊戩稱讚：「真聰明。」

不敗悄悄問不輸：「我們真的要幫爸爸一起賭？」

不輸說：「到時候你聽我的指揮就是了。」

下午，楊戩屋裡，楊戩篤定地與李天王談笑風生：「這次我一定要把你的鎮魔塔贏過來！」

李天王說：「祝你走運，快猜吧！」

楊戩一邊東拉西扯地拖延時間，一邊對著窗口伸長耳朵，「怎麼既沒有馬叫，也沒有驢叫？」

突然，「咩——咩——」

楊戩聽見窗外傳來羊叫，有點兒出乎意料，但又來不及細想，便對李天王說：「玉帝今天的點心，既不是沙其

馬，也不是驢打滾，大概是——涮羊肉。」

楊不輸和楊不敗從窗下一齊冒出頭來，哈哈大笑。

李天王愣了愣，質問楊戩道：「你，你敢跟我玩花樣？下回不跟你賭了！」

楊戩結結巴巴：「聽我說，這，這……」

李天王氣哼哼拂袖而去。

賭友走後，楊戩氣急敗壞：「你們就是這樣做兒子的嗎？」

小哥倆也火了：「你就是這樣做爸爸的嗎？」

現在，楊戩聽說有這兩樣管孩子的好寶貝，不由又動起歪心眼。

他假惺惺來當和事佬：「別爭了，先讓我看看乖乖冠和收骨衣到底好不好。」

眾人一起回到龍宮。

赤精子見收骨衣變成一堆碎片，又驚又怒。他看小聖拿著剪刀，就指著他說：「是你剪壞的，要你賠！」

試試李天王乖不乖

小能挺身而出：「是我小能做的，找我好了！」

悟空一點兒也不兇地命令兒子：「小聖，把剪子還給人家吧！」

「好的，爸爸。」

小聖有禮貌地將如意剪還給龍王：「我們借用了寶剪，謝謝了。」

小能也說：「是我自己拿的，請多原諒！」

龍王臉上露出了笑容。

悟空一手摟著小聖，一手摟著小能：「孩子多好，要什麼乖乖冠、收骨衣！」

楊戩笑著安慰赤精子：「衣服破了別發愁，聽說過我的拼補術嗎？」

他手指碎布片，念起他的咒語：

一二三四五，

金木水火土。

碎了拼起來，

破了補一補。

那堆碎布一片一片聚攏來，各就各位。咒語念完時，已經恢復如初。

赤精子大喜：「多謝相助！」

「不客氣。」楊戩說，「如果在我的金剛漿裡泡一泡，那就剪都剪不破了。」

「太好了！」赤精子執意懇求，「請您一定要幫人幫到底！」

廣成子一見此情，連忙叫聲：「寶冠飛回！」

那頂乖乖冠立刻從內宮飛出，回到主人手裡。

廣成子希望楊戩的「金剛漿」也能使他的寶冠變得牢不可破，便對楊戩說：「能者多勞，就一起拜託您了。」

楊戩得到仙衣、寶冠，正中下懷，卻說：「應該的，助人為樂嘛！」

不說楊戩騙了寶貝，騰雲而去，卻道正在內宮的小白龍，頭上乖乖冠忽然飛走，他全身一震，跳了起來。

「怎麼回事？」他如夢初醒，覺得挺累的——他不知道自己已搬了那麼多石頭。

看到小白龍活活潑潑地跑出來，小能對

小聖說：「這下倒救了小白龍。」

「可是，」小聖說，「楊不輸和楊不敗要倒楣了。」

「那，再去救他們？」

小聖對悟空說：「爸爸，這個閒事我們不能不管。」

悟空說：「這次爸爸不攔你們了，只是要小心！」

＊＊

再說楊戩，騙了收骨衣和乖乖冠，一路上忍不住要笑。但突然遇見一人，使他笑不起來了。

是李天王。

李天王攔住楊戩：「哈，正要找你，上次欠我的賭債該還了吧？」

楊戩一臉為難：「過幾天一定還。」

「你想賴帳？」李天王不是好糊弄的，「手上拿的是什麼？」

「沒什麼！」

李天王撲過去，一把奪過乖乖冠。

「哈，好漂亮的金冠，用這個抵債吧！」

李天王揚長而去。楊戩朝他背影啐一口：「呸！真是個無賴！」

楊戩帶著收骨衣走進家門。

楊不輸說：「爸爸，李天王來找過你了。」

楊不敗說：「你們真是一對賭棍！」

楊戩先不發火，把火存在肚裡。

兄弟倆展開收骨衣。

不輸說：「這衣服挺不錯。」

不敗問：「這是給誰穿的？」

楊戩回答：「誰合身就給誰穿。」

不輸就說：「那我先來試試。」

楊不輸穿上收骨衣，「咚」的一聲跪倒在地。

楊不敗忙來攙扶：「哥哥，怎麼回事？」

楊不輸說：「我被這衣服綁住了，一動都不能動。」

這時楊戩變臉了，把肚裡的火發出來：「哼，還敢叫我賭棍嗎？」他指著不輸警告不敗：「別以為我沒辦法對付你們，他就是你的榜樣！」

小聖和小能來到楊戩門外。總要變

化一下，才能進門。

小聖對小能說：「我變成小貓，你變成小球。」

於是，小貓推著小球到了堂前。看見楊不輸跪在地上，小貓把小球踢一下，讓小球滾到不輸身邊。不輸聽見小球輕輕地說話：「我是小能，我們會幫你的。」楊戩繼續訓斥不敗：「要不是李天王半路攔劫，我讓你試試另一樣寶貝，還怕你不乖乖的！」

小貓又推著小球出了楊府。

小能恢復本相，問小聖：「不救楊不輸了？」

小聖說：「看來乖乖冠被李天王拿去了。我有個主意，咱們先去找李天王。」

他們來到李天王家。

小聖故意挑釁：「李天王，聽說你搶了金冠。」

「胡說，是我贏來的！」

「那，」小能指著桌上的金冠，「你怎麼不戴上呀？」

小聖說：「你戴恐怕不合適吧？」

「不合適？」李天王立刻取下頭盔，戴上乖乖冠，「戴給你們看看！」

小聖和小能相對一笑。小聖說：「試試他乖不乖。」

小聖高叫一聲：「托塔天王李靖！」

李天王立刻站得筆直，大聲答應：「有！」

小能覺得滑稽：「他也成了木偶啦！」

小聖命令李天王：「你去把楊戩引出來，就說跟他賭——」

小能說：「賭下雨吧！」

李天王毫不遲疑：「遵命！」

於是，小聖和小能躲在楊戩門前的大樹後，讓李天王去大聲叫門。

「楊戩，出來！」

楊戩出來了。

「別這麼大聲。」楊戩很不滿，「我已經不欠你的了！」

李天王僵硬地朝遠處一指：「咱們再去打個賭。」

「好哇！」楊戩求之不得，「我正想把乖乖冠贏回來呢！」

楊戩跟著李天王走開後，小聖、小能趕緊溜進楊府。

楊不敗攙扶不起楊不輸，也脫不掉收骨衣，正急得沒辦法。

小聖痛心地說：「想來提醒你們的，沒想到……」

小能出個主意：「不輸要是不怕火的話，可以讓不敗用火眼燒掉收骨衣。」

不輸說：「行，我不怕火！」

楊不敗便睜開額上一對火眼，剎那間噴出烈焰，將楊不輸團團裹住。

但烈火燒不壞收骨衣。

顛倒阿福

李天王和楊戩在賭下雨。

楊戩看看頭頂的太陽：「天氣這麼好，怎麼會下雨？」

李天王面無表情地回答：「我就跟你賭這個，耐心等著吧！」

等了好久，曬得流油，楊戩覺得有點兒不對頭。

「他會不會受人指使？帶著乖乖冠……哼，我要叫他乖乖地說出來。」

楊戩問李天王：「告訴我，是誰出的主意，讓咱們在這兒等下雨？」

戴乖乖冠的人就是乖，李天王實話實說：「是小聖和小能。」

「果然是這兩個小壞蛋調虎離山！」楊戩又氣又急地往回跑。

李天王還像根木頭樁子似的呆站在那裡。

* * *

再說楊府裡。

對收骨衣火攻失敗了，小能說：「看來還得去借如意剪。」

小聖擔心：「就算龍王肯借，赤精子他們也會反對。」

是啊，誰肯讓別人毀掉自己的寶貝。

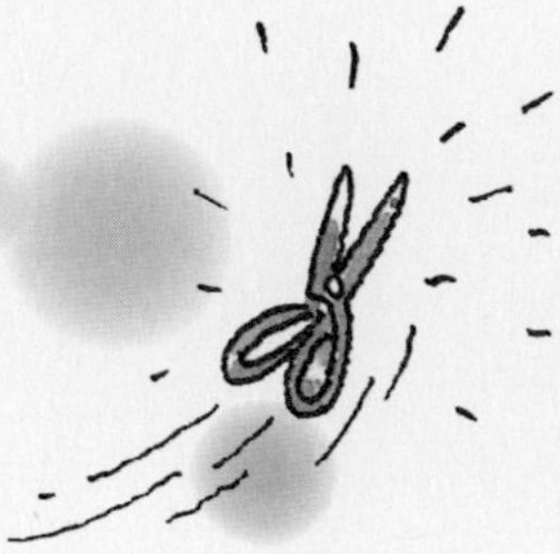

沒想到，赤精子他們正巧帶著如意剪來了。

小聖和小能趕緊躲到屏風後面。

赤精子看見楊不輸被收骨衣束縛得動都不能動，稱讚說：「二郎神在兒子身上做實驗，可欽可佩！」

廣成子對師兄說：「用了金剛漿，這回一定剪不破了。」

赤精子便拿著剪子走向楊不輸：「我來試試。」

小聖、小能差點兒笑出聲來。

這時楊戩匆匆跑進門：「別剪！」

可是來不及了，收骨衣已被剪破。這仙衣只要剪破一點兒，魔力全失。

楊不輸甩開收骨衣，站起來指責楊戩：「爸爸，您不該這樣對待我！」

楊戩還要擺爸爸架子：「誰叫你不尊重爸爸？」

小聖、小能忍不住

走出來。

小聖對楊戩說：「你要先尊重自己，要先像個爸爸才對呀！」

赤精子提著剪破的收骨衣，也來抨擊楊戩：「真不像爸爸，盡騙人，你不是說剪不破嗎？」

「我的乖乖冠呢？」廣成子也向楊戩要寶貝。

楊戩結結巴巴地說：「在……李天王頭上。」

廣成子呼一聲：「寶冠飛回！」

李天王頭上的乖乖冠突然飛走了。

呆若木雞的李天王也突然恢復本性，感到奇怪：「咦，我站在這兒幹什麼？」

他想到失去的金冠，想到這金冠原是用來抵償楊戩的賭債……「我可不能吃虧！」

李天王跑到楊府門口大叫大嚷：「楊戩，快還我的賭債！」

楊戩正被圍攻得不可開交，門外的討債聲更是雪上加霜。「賴帳的不是好漢！」

楊戩內外交困，苦惱萬分，蹲在地上敲腦袋：「我，我怎麼裡外不是人呀！」

小聖、小能和赤精子、廣成子一同走出楊府。

小聖問：「二位還去龍宮比寶嗎？」

赤精子面有愧色，遞過如意剪：「兩次丟醜，不去也罷。請將此剪交還龍王。」

小聖、小能轉回龍宮。

正行著，遠遠地看見有個大個子走在前面。

小聖說，「是巨靈神！」他特別重，所以馱著他的那朵雲

飛不快。

小能叫：「老朋友，等一等！」

他們追上了巨靈神。

小聖、小能問：「您帶了什麼好寶貝？」

巨靈神故意賣關子：「現在我還捨不得給你們看。」

他們說說笑笑到了龍宮，巨靈神當眾拿出寶貝。

小能撇撇嘴：「我當是什麼天上少、地上無的貴重寶物，原來是個泥娃娃！」

但這泥娃娃卻也特別，和不倒翁相反，總是頭朝下。

巨靈神介紹：「它叫顛倒阿福，可以把所有事情都顛倒過來。比方你們是夜裡睡覺白天玩，能不能顛倒一下？」

巨靈神讓泥娃娃在手掌中翻個跟頭，一邊念口訣：

顛顛倒倒，倒倒顛顛，

白天睡覺夜裡玩！

大家開始打呵欠，伸懶腰，揉眼睛。一會兒工夫，全都橫七豎八地熟睡在地上。

巨靈神拿著泥娃娃笑道：「要他們現在醒來，只要再顛倒一下。」

這時，鐵頭、扁

扁、腦後眼、水裏箭又從假山後冒了出來，一個個無可奈何的樣子。

「唉，」扁扁說，「大頭領還是吵著要我們弄寶貝給他玩。」

腦後眼說：「誰叫我們這兒是『小的說了算，大的跟著轉』呢！」

他們從後宮的窗外朝裡偷看。

「嘿，都睡著了！」

「大概全喝醉了，正好下手。」

四勇士躡手躡腳進了宮。

唯一沒睡著的巨靈神，發現後也故意躺倒，「看你們想怎樣。」

鐵頭看見了巨靈神手中的泥娃娃：「這個娃娃挺好玩的，大頭領一定會喜歡。」

扁扁將泥娃娃拿來放在掌心：「嘿，還會翻跟頭！」

這時巨靈神閉著眼睛念起口訣：「顛顛倒倒，倒倒顛顛……」

水裏箭笑道：「嘻，他說夢話了。」

「不好，他們都醒來了！」腦後眼前後有眼，發現得早，「快跑！」

四勇士趕緊溜。

鐵頭碰上彌勒佛：「快讓開，不然撞破你的大肚皮！」

彌勒佛卻笑嘻嘻地不躲不讓。

鐵頭真的撞了過去。結果是大肚皮吸住了鐵頭，使他再也拔不回來。

水裏箭儘管動作快，還是被鐵拐李的杖頭鉤住了脖子。

觀世音用一根長長的衣帶把腦後眼連腦袋一起層層纏住。

扁扁變扁了身子，卻被太白金星和鎮元子緊緊擠住，動彈不得。

四勇士被群仙制伏，狼狽不堪，齊齊哀告道：「這都是我們的頭領要我們做的！」

悟空開導他們：「大人還是該負大人之責，我看你們那兒還是要來個顛倒。」

小聖和巨靈神商量，「那麼，還得把這個顛倒阿福借給他們。」

巨靈神答應了，又對四勇士說：「我再教給你們口訣——顛顛倒倒，倒倒顛顛，孩子不能太嬌慣。」

奇獸谷

各顯神通的群仙比寶會結束了。悟空帶著小聖和小能離開龍宮，回到天上。

正好天郵使飛毛腿送來個大包袱，說：「我路過下界高家莊，小能的媽媽託我帶來這些土產。」小能趕緊打開包袱，把地瓜、棗兒、梨子、花生什麼的分給大家吃。

飛毛腿對小能說：「你媽媽可想你啦！」

小能說：「那我這就去看媽媽！」

小能說走就走。

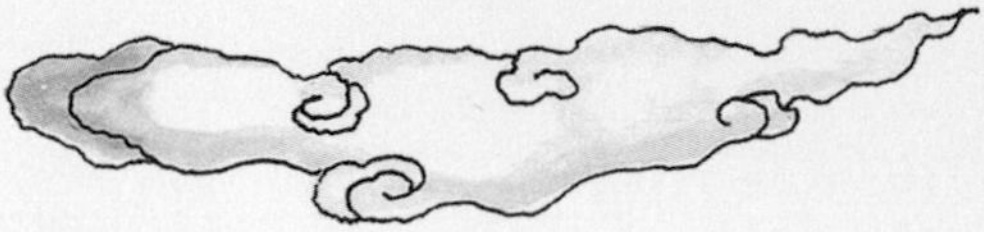

小能告別悟空和小聖，輕雲一朵，直投下界高家莊。

還沒到呢，忽聽傳來爭鬥之聲。

「前面山谷裡好像有人在打架，我去看看。」

小能小心地避開樹枝藤蔓，向深深的谷底降落。

只見兩條漢子正打得難分難解。

其中一個穿獸皮戰袍，持一對麋鹿角，坐騎是一隻雙頭獅子——兩面都有頭，可以瞻前顧後，進退自如。

另一個穿紫色箭衣，一手持一根甘蔗當兵器，一手抓著崖上垂下的老藤，在空中悠來蕩去，伺機進攻。

小能喊道：「別打了，都停下來！」

他跳到二人中間，隔開甘蔗和麋鹿角。

「為了什麼事情打？說給我聽聽。」

「麋鹿角」說：「他想霸占我的奇獸谷。」

「甘蔗」說：「你才霸占呢，這奇獸谷本來就是我的！」

二人各說各的，互不相讓。

小能想了想，說：「既然叫『奇獸谷』，還是讓谷中奇獸來認認谷主吧！」

一隻三尾猴跑來看熱鬧。

「甘蔗」扔了根香蕉給三尾猴：「你說說，誰是你們的主人？」

三尾猴一邊吃著香蕉，一邊做

個鬼臉：「那還用說，誰給吃的，誰喜歡我，誰就是我的主人。」

「麋鹿角」忙對小能說：「我才是奇獸谷主，他——」他指著「甘蔗」，「他是陰險的毒果谷主。他把毒果谷裡的謊話香蕉給三尾猴吃，讓他說謊。」

「甘蔗」立即否認：「三尾猴沒說謊！」

小能被他們攪得頭昏腦脹，但還是想出個辦法，試試三尾猴有沒有說謊。

小能問三尾猴：「你剛才吃的是香蕉還是核桃？」

三尾猴回答：「是核桃，都快把我的牙硌掉啦！」說著還捧腮作痛苦狀。

試出了謊話還是真話，也就分清了好人還是壞人。

好人當然幫好人。

小能喝一聲：「你這傢伙，還敢騙我！」便掄起如意石杵，向毒果谷主當頭打去。

毒果谷主忙舉甘蔗相迎。

只聽「哢嚓」一聲，甘蔗斷成兩截。

毒果谷主扔下甘蔗，趕緊逃走。

小能瞧著斷甘蔗，撿起來：「還能吃呢，扔掉可惜了。」

奇獸谷主趕緊阻止：「這是啞巴甘蔗，吃了它就不會說話啦！」

小能吃一驚：「要是成了啞巴，我外公就更不喜歡我啦！」

躲在岩石後的毒果谷主見小能沒上當，又悄悄摸出一枚爛眼杏。

「嗖——啪！」

爛眼杏正打在小能的右眼上，毒汁四濺。

小能的右眼立刻腫了起來。

毒果谷主拍手叫好：「紅了變腫，腫了變瞎，哈哈哈哈！」

見仇敵如此囂張，奇獸谷主說：「該用上我的『沖天炮』了。」

小能問：「哪兒來的炮？」

奇獸谷主一聲呼哨，「沖天炮」跑來了，原來是一隻黃鼬。

奇獸谷主提醒小能：「快把耳朵堵上！」

黃鼬跑向毒果谷主。

毒果谷主滿不在乎：「小黃鼠狼，我一腳踩死你。」

誰知黃鼬忽然轉身，「轟！」

一個響屁把毒果谷主震昏過去。

奇獸谷主吩咐雙頭獅子：「把這傢伙扔回毒果谷去。」

雙頭獅子把毒果谷主馱走了。

壞人被趕走了，但小能的眼睛卻還腫得老高。

黃鼬問小能：「疼嗎？」

「疼死了！——不！」小能想到應該像個男子漢，「一點兒都不疼！」

奇獸谷主又喚道：「妙舌鹿在哪裡？」

妙舌鹿跑來，在小能的眼睛上舔了兩下。

真妙，小能摸摸眼睛，不腫了，也不疼了。

三尾猴對小能說：「是我叫妙舌鹿治好了你，該謝謝我。」又是謊話。

小能對妙舌鹿說：「你還得治治三尾猴。」

妙舌鹿就又去舔舔三尾猴的嘴。

小能再問三尾猴：「你的尾巴是兩根還是四根？」

三尾猴回答：「是三根。」

好了，毒果谷主的流毒全肅清了。

小能要離開奇獸谷了，奇獸谷主說：「孩子，你雖然沒打贏，但我喜歡你的正直，我也願意幫幫你。」

谷主牽來一頭青牛，把韁繩交到小能手裡：「你不是怕外公不喜歡你嗎？可以把這打嗝青牛送給他。」

「打嗝？」小能問，「這牛有病嗎？」

谷主便叫小能把韁繩鬆開，讓那青牛自由走動。

只見青牛慢慢走到一堆石頭跟前，大口大口地吞嚼起來。

小能覺得挺奇怪的：「牠怎麼吃石頭？」

谷主告訴小能：「這些是銅礦石。」

青牛吃完石頭，喉頭作響，「呃！呃！」

谷主說：「它打嗝了，要吐東西了。」

青牛吐出什麼？圓滾滾的，光閃閃的。

小能叫起來：「咦，是銅球！」

谷主笑道：「要是你能找到金砂給牠吃，牠還能吐金子。」

於是小能爬上牛背，向谷主和奇獸們揮手告別：「謝謝了，後會有期！」

快要走出谷口時，忽聽樹叢裡傳來喊聲：「小能！小能！救救我！」

原來是隻鸚鵡被藤蔓纏住了，無法脫身。

小能救出了鸚鵡，問他：「你怎麼知道我的名字？」

鸚鵡說：「我叫早知道，什麼事都早知道。我也知道你要去高家莊看媽媽，帶我一起去吧！」

山本來就比房高

於是，小能坐在青牛背上，鸚鵡站在小能肩上，繼續前往高家莊。

小能問鸚鵡：「你要是早知道會被纏住，為什麼還要到樹叢裡去呢？」

鸚鵡說：「因為我早知道你會來救我。」

一路說著笑著，不知不覺來到高家莊外。

一個莊客好奇地打量著小能，小能對他說：「去告訴我媽媽，就說小能來了。」

「孩子！小能！」

媽媽來了。

「媽媽——」小能撲進媽媽的懷抱，「媽媽，我好想你喔！」

媽媽摟著小能親了又親。

小能一心要讓媽媽高興：「媽媽，我會千變萬化，我變給您看！」

小能就變成一隻鸚鵡，和早知道一模一樣。

兩隻鸚鵡在媽媽眼前飛來飛去，叫著：「您猜猜看，誰是小能？」

媽媽一猜，猜對了。

小能說：「讓您碰巧猜對了，您再猜一回！」

可是一連猜了好幾回，回回都正確無誤。

小能洩氣了：「您從哪兒看出破綻的？」

「從眼神呀！」媽媽說，「這就是當媽媽的本事。」

「那，您的本事比我大。」小能顯得很沮喪。

「不過，」媽媽安慰小能，「我的本事，是每個媽媽都有的。你的本事，卻不是每個孩子都有的呀！」

聽媽媽這麼一說，小能又高興了。

外公見小能帶來一頭青牛，很高興，問小能：「這頭牛一天能犁幾畝地？」

小能回答：「外公呀，這頭牛不會犁地，但牠會吃石頭——」

外公一聽好失望。

媽媽家裡正好有幾位朋友來訪。

朋友們見小能胖乎乎的，便稱讚他長得福相。

一位客人說：「要是能背詩就更好了，我兒子能背好多詩呢！」

媽媽忙說：「我家小能什麼都能！小能，隨便背一首詩給客人聽聽吧！」

小能暗想：「背詩？這可真要命……哦，有啦！」

他想起了觀世音菩薩教的鬆鞋咒，便大聲念道：

鞋兒鬆鬆，
鞋兒鬆鬆，
飛到我手中！

這一念還得了，媽媽的鞋，外公的鞋，客人的鞋，全都從腳上飛起，可熱鬧啦！

媽媽趕緊叫小能停止飛鞋，一邊順水推舟地對客人們說：「我們小能會千變萬化，要他變什麼就能變什麼！」

「好，」一位客人便提出，「那就先讓他在屋頂底下變成一朵雲。」

變雲太容易了。小能轉眼變成一朵胖鼓鼓的雲，在屋頂底下飄來飄去。一個高個子客人用手指戳了戳那朵雲，正好戳在小能的癢處，那雲扭動著、躲閃著，發出嘻嘻的笑聲。

客人說：「原來是一朵怕癢的雲。」

這下，客人們興致來了，不斷地要小能變這變那——變螃蟹、變白鵝、變鮮花、變草、變帽子、變燒餅……

小能被折騰得頭發脹：「煩死了！」

但外公還不罷休：「小能真有本事！再給客人們變一座山吧！」

小能原本不想答應的，但還是答應了。

搖身一變，小能變成一座和他身體一樣高的山。

客人說：「這麼矮的山呀！」

話音剛落，矮山長高了一尺。

就這樣一尺一尺往上長。

眼看快頂到屋梁了，外公急叫：「不能再長啦！」

但山的長勢止不住，只聽「嘩啦啦」一陣亂響，山尖已經拱穿了屋頂。

山又變成男孩，但房子變不回原樣了，屋頂正中開了個大天窗。

外公指著小能發抖：「你毀了我的房子！」

小能頂嘴道：「是你叫我變山的，山本來就比房子高嘛！」

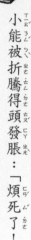

「好，我們小廟容不下你這大神，你哪兒來還回哪兒去吧！」

媽媽也勸不了暴怒的外公，小能只好悻悻地走了出去。走得遠遠的，小能一個人坐著發呆。

早知道勸小能：「別難受，我告訴你個喜訊，有人今晚要來偷咱們的青牛了。」

小能不懂：「這算什麼喜訊？」

早知道飛到小能耳邊：「你得讓外公覺得你確實了不起，這是個機會……」

「好吧！」小能說，「就聽你的，讓他們來偷。」

天黑了。

夜深了。

小能等得呵欠連天：「這麼晚了，小偷還不來，我想睡了。」

早知道建議：「你最好在牛身上找個地方睡覺。」

小能說：「我要是睡進牛鼻孔，牠一個噴嚏就把我噴出來了。」

早知道說：「你可以鑽牛角尖嘛！」

於是小能把身體變小，鑽進牛角尖，不一會兒就睡熟了。

四條黑影閃進莊內。

石灰真君

來了四個賊，號稱四大盜：刁如鼠，猛如熊，饞如貓，滑如鰍。

一路走著，刁如鼠悄悄對夥伴說：「我探得的消息不會錯，弄到這頭打嗝青牛，咱們就發財啦！」

他們在一棵大樹下發現了青牛。

四賊大喜。刁如鼠上前就要牽牛——

忽聽上方發話道：「我早知道你們會來的。」

賊們驚慌地抬頭，見是一隻鸚鵡。

刁如鼠對鸚鵡說：「所以你也是個寶貝呀，跟我們一起走吧！」

但刁如鼠的力氣太小，拉不動青牛。換了壯實些的猛如熊，還是徒勞無功。再加饞如貓、滑如鰍，四人一齊上。

這下惹動了牛脾氣，青牛直蹦起來，把四個賊朝四個方向摔了出去。

這麼一蹦，小能也從牛角尖裡被甩了出來。他揉揉眼，把身體變回原來那麼大。

四個賊好奇地圍過來。

小能問：「你們來啦？」

賊們愣愣地答道：「來啦！」

小能說：「來得好。我要把你們都捆起來，給我外公看看。」

賊們說：「憑你！」

小能沒費什麼勁就把四個賊按倒在地，問他們：「你們誰帶了可以捆人的繩子？」

全說：「沒帶。」

這難不倒小能，羊毛出在羊身上。小能在每個賊的頭上拔一根頭髮，吹口氣變粗變長，把他們捆了起來。

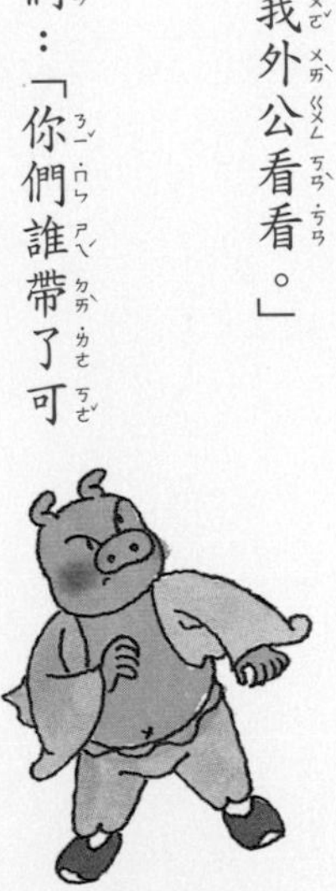

可是外公正在睡覺，現在不好去吵醒他。

刁如鼠就對小能說：「你的青牛是頭寶牛，我知道帶牠到哪兒去找寶。要是把我們捆在這兒，寶也找不到，不是可惜了這頭寶牛嗎？」

小能想了想，比起讓外公看賊，還是找寶有趣些。

於是他讓捆賊的頭髮回到賊們的頭上去。騎上青牛，帶上鸚鵡，跟著四個賊出發了。

刁如鼠說：「往東三百里，有座金光嶺，那兒一定有金子！」

他們來到金光嶺下，沿著山路攀登金光嶺。

爬到山腰，迎面出現一座小廟。

小能覺得怪：「怎麼這廟攔在路當中？」

賊們累了，說：「進去歇歇腳也好。」

走近廟門，只見兩邊有對聯：

上山先磕頭

進廟莫空手

小能說：「這裡供的是哪路神佛，好貪財！」

他們進廟看，只見神龕裡威風凜凜端坐一尊神像。與眾不同的是，神像的脖子上戴了一串金錠。

供桌上供品不少。饞如貓忍不住，順手拿了隻燒雞，說：「菩薩不吃，我替菩薩吃了吧！」

只聽一聲怒吼：「誰說我不吃？」

神像動了，隨即雄赳赳走下神龕，「你們好大的膽子，我金光真君不是好惹的！」

小能撇撇嘴：「嗓門大沒用，有什麼本事拿出來瞧瞧。」

金光真君便取下項上金錠，介紹說：「這串金錠是用我金光嶺上的金塊鑄成的。」

說著將這金錠串向空中拋起。

金錠串在空中旋轉，越轉越快，轉到後來不見金錠，只見一團金光眩人雙目。

小能等忙叫：「收起來吧，眼睛都睜不開了！」

金光真君得意了，便讓金錠回到脖子上，說：「你們想上山找金子，得從我廟裡經過。我也不要多少報酬，把這牛留下就行了。」

正說到這兒，只見青牛長吼一聲，四蹄騰空，把上前阻攔的賊們撞到一邊，便從小廟的後門衝了出去。

小廟後門直通山頂。

牛在前面跑，眾人在後面追。

只見那牛跑到山頂，大口大口地吃起石頭來。

賊們大喜：「哈哈，吃得越多越好！」

金光真君覺得奇怪：「牛怎麼會吃石頭？」

過了一會兒，「呃！呃！」青牛打嗝了。

賊大叫：「牛要吐啦！要吐金子啦！」

「牛吐金子？」金光真君更吃驚了，「不行，吃了我的石頭，金子得吐給我！」

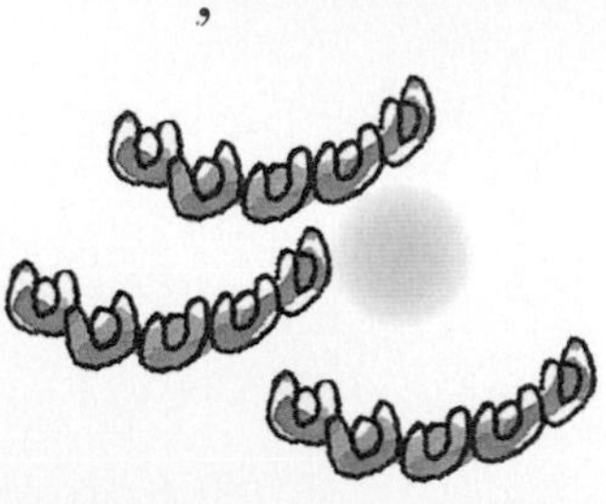

真君跟賊們爭吵起來。

這時牛對真君張大了嘴。

真君不吵了，呆呆地等著。

不料牛嘴裡吐出的不是金子，而是大口大口的白灰。白灰撲滿真君一身，弄得他眼睛都睜不開了。

小能問早知道：「牛怎麼吐白灰？」

早知道說：「這兒本來就沒有金礦，全是石灰石。」

「那，金光真君的金元寶是哪兒來的？」

趁金光真君忙著揉眼睛，小能偷偷檢查他的金錠。

原來是鐵坨子上糊金紙，騙人的。

四大盜大失所望。

「真倒楣，落得一場空。」

「回去吧，弟兄們！」

四個賊十分懊喪地下山去了。

小能也對鸚鵡埋怨道：「你不是早知道麼？為什麼讓我們白跑這一趟？」

早知道說：「怎麼是白跑呢？咱們不是找到了石灰礦？」

「嗯？也對。」

一旁的金光真君，摘下假金錠，大哭起來：「這下完啦，沒人相信我金光真君啦！」

小能開導他：「你可以當一個石灰真君呀！」

「可是，我又沒有吃石頭的牛。」

「自己一個人可以幹嘛，我來告訴你！」

小能一下子變成巨人，他那石杵當然也變得巨大無比。「通通通！」山石頓時被搗成粉末。

示範過後，小能吩咐真君：「把你那串鐵元寶給我。」

真君遞過假金錠。

小能用石杵「叮叮噹噹」砸了幾下，鐵元寶被鍛打成一個鐵錘，再用樹幹安上個錘柄，「拿去！」

掄起鐵錘，擊打礦石，石灰真君算是開張了。

＊＊＊

再說在高家莊，這天外公見莊民來告：「小能帶回兩個大筐，像是發了財啦！」

「哦？我倒要瞧瞧。」

外公出門一看，小能正從青牛背上卸下大筐。揭開筐蓋，外公哼一聲：「我還當是金子銀子呢！」「可這石灰裡有我出的力呀！」小能倒挺珍惜的。

小能調好一桶灰漿，要先幫媽媽刷牆。媽媽說：「這牆夠白的啦，不用刷啦！」

小能倔脾氣來了：「我就是要自己刷一遍嘛！」

媽媽只好隨他去。

這樣，小能在屋外刷牆，媽媽在屋裡畫畫。

「媽媽，」小能對屋裡

說，「我見過觀世音菩薩，您畫得不像！」

媽媽覺得奇怪：「你還沒看到我的畫，怎麼知道不像？」

不偷好朋友的東西

「您來看！」小能把媽媽拉到外面。

原來，刷上這種石灰，牆變透明了。屋裡有什麼，從屋外可以看得一清二楚。

「但是好怪，」媽媽說，「怎麼牆外看得見牆裡，牆裡卻看不見牆外？」

小能說：「這好辦，把牆裡也刷上石灰就行啦！」

莊上有位阿婆癱瘓在床，整天不能出屋。

小能提著灰漿桶走進阿婆屋裡：「阿婆，外面花開啦，我讓您不出門也能賞花。」

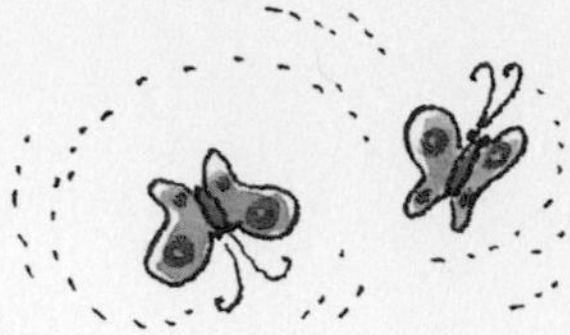

小能把四面牆壁都刷了一遍，忙得滿頭大汗。

「阿……阿婆，您瞧！」

呀！屋牆再也擋不住春天的景色。

阿婆向左扭臉，見鮮豔的牽牛花朝籬笆上爬；阿婆向右回頭，見柳條兒綻出了青芽；向前看，一對大花蝴蝶飛舞追逐，好像就要飛進屋來；向後看，阿婆轉不過身子了。

小能幫阿婆挪動一下，使她看到屋後牆角，一群小雞剛剛孵出窩，圍著母雞跑來跑去……

阿婆好像要笑，但卻流出了眼淚：「哦，我的好孩子……」

小能一高興，興致又上來了。他的住房旁邊有間上鎖的大屋，瞧那牆面黑乎乎的，好多年沒粉刷過了。

「我來讓它變變樣！」

夜裡，四條黑影翻過院牆。

又是他們：刁如鼠，猛如熊，饞如貓，滑如鰍。

進院之後，刁如鼠悄聲吩咐滑如鰍：「你去找找，庫房在哪裡？」

饞如貓忽然用手一指：「大哥，不用找了，這間就是！」

正是白天小能粉刷過的那間大屋。月光照耀下，滿庫財物都在眼前，賊們喜出望外，指指點點。

滑如鰍說：「我要那匹大紅緞

子，以後結婚用。」

饞如貓說：「我要那罈陳年好酒。」

猛如熊不多囉嗦，「哢啦」一聲扯下了門鎖。

響聲驚醒了小能。他爬起來，從透明的牆裡望出去，見四大盜扛的扛、背的背、挾的挾、抱的抱，正準備滿載而歸了。為了掩蓋動靜，饞如貓一邊走一邊學貓叫。

「喂！別裝了！」小能衝出房門，攔住眾賊去路，「我在屋裡早就看見你們啦！」

賊們大吃一驚：「這怎麼會——」

小能便將石灰的妙處說了一遍。

四大盜恍然大悟：怪不得能看見庫房裡的東西！

刁如鼠又問小能：「可是，你能看見我們，為什麼我們看不見你？」

小能回答：「這是因為牆裡刷了石灰，而牆外沒刷。」

刁如鼠連連點頭：「懂了，懂了。」他立刻命令同夥：「快把東西放回去！咱們不能偷好朋友的東西呀！」

這時外公聽見動靜，急忙披衣出門，見此情景，不由心中驚歎：「小能竟能讓強盜不敢偷！」

四大盜向小能揮手告別：「後會有期！」

小能說：「再見！」

等盜賊走得沒影了，外公拍拍小能：「傻孩子，跟強盜還是不見為妙。」

第二天，小能對早知道說起昨夜的事，「你知

道嗎，外公現在喜歡我了。」

早知道說：「你高興了，可是別人要遭殃啦！」

小能一想：「對，刁如鼠他們不偷好朋友的東西，那麼和他們不是好朋友的人就要遭殃了。」便對早知道說：「走，咱們去找四大盜！」

但這鸚鵡說：「這回我不跟你去，也不讓你早知道，你自己去闖一闖吧！」

「自己去就自己去！」小能騎上青牛，剛要動身，外公忙來勸阻：「別管人家閒事，跟強盜打交道沒好處。」

小能說：「那麼，我要是硬要去，您又會不喜歡我了吧？」

＊＊＊

再說四大盜。

他們再次趕到金光嶺，登上山腰，看見小廟。

走在前面的滑如鰍叫道：「大哥，換了對聯啦！」

廟門兩側的新對聯是：

錘下石成灰

額頭汗變金

進廟一看，金光真君改了裝束，左手拿柄鐵錘，右手抱個瓦罐，金盔金甲也換成白盔白甲了。

刁如鼠便帶頭禱告：「真君菩薩，我弟兄要改行當粉刷匠了，特來拜求神灰。」

「賺到錢一定買好吃的孝敬菩薩。」

眾賊禱告完畢，只見真君手中瓦罐冒出裊裊白煙。

刁如鼠趕緊招呼大家：「口袋準備好！」

瓦罐裡源源不斷地冒出石灰，石灰流進一個又一個賊口袋……

＊＊＊＊＊＊＊＊＊＊＊＊＊＊＊＊＊＊＊＊

再說小能，騎著青牛一路找。

「找不到他們四個，肚子倒餓了。」小能走進路旁小店，大叫：「給我來五個饅頭，一大碗麵！」

店主答應：「好，馬上就到！」

店主喜孜孜跑進去，又怒衝衝跑出來：

「你的牛把灶拱壞啦，你要賠我的灶！」

小能隨店主走進廚房。只見那青牛不但拱壞了灶，現在還在吞吃砌灶的石頭。

店主大為吃驚：「這牛能吃石頭！」

小能笑道：「我的牛能看中你的灶，準是你的運氣來了。」

正說著，只聽青牛又打起嗝來。

小能想：「倒要看牠這回吐出什麼好東西。」

青牛這回吐出的，既不是球，也不是灰，是一大堆像麵團的東西。

小能隨手抓了一團，揉了揉，捏了捏，問店主：「我做了個饅頭，像不像？」

不一會兒，這「饅頭」變冷變硬，變透明了，還有點兒發綠。

顧客中有一位老者是行家，他激動得發抖：「這……這是世上少有的美玉呀！」

店主轉怒為喜。他珍藏起玉饅頭，又端出兩隻肥雞，討好地對小能說：「大師吃吧，吃完了再露幾手。」

小能已吃不下這麼多了，便撕下一隻雞腿，用那「麵團」在雞腿外面糊了一層，接著將雞腿抽出，便成了瓶狀。

小能說：「這叫『雞腿玉瓶』。」又把「麵團」糊到自己鼻子上，用同樣的方法做成杯狀，「這叫『豬鼻玉杯』。」

店主正樂得合不攏嘴，忽然又驚叫：「喲，這塊美玉被牛糟蹋啦！」

原來，那青牛將一塊「麵團」踩在腳下。

「什麼！」小能替牛解釋，「牠這是在做『牛蹄玉碗』呢！」

看你長顆什麼心

他們正談笑著，一位顧客插嘴道：「你們有沒有聽說，昨晚來了一夥強盜？」

小能心裡一動，問：「什麼樣的強盜？」

顧客說：「就是有名的四大盜。他們先在人家屋牆外刷一點石灰，然後大聲嚇唬人家：『我們是強盜，快把值錢的東西拿出來！』一家有個首飾匣子，趕緊藏到鹹菜缸裡。屋牆已被那種石灰弄得透明了，屋裡的動作自然全被強盜看見。強盜不慌不忙破門而入，這家趕緊哀求：『我們實在沒有值錢的東西！』強盜就在鹹菜缸上刷一點石灰，立刻顯示出藏在缸裡的首飾匣子，『哈哈，這是什麼？』

這家只能眼睜睜看著強盜搶走了匣子。還有一家是祖孫二人，聽到門外的嚇唬，老奶奶就把唯一一枚值點錢的戒指讓小孫子含在嘴裡。她以為強盜沒那麼聰明，找不到，哪裡知道強盜有那種該死的石灰幫忙。強盜進屋後，那個刁如鼠就在小孫子的腮上刷了點石灰，立刻就看到嘴裡的戒指了。可真缺德，這孩子從此成了透明腮，別人會像看怪物一樣看他的。」

小能懊悔地說：「真沒想到！」

又一位顧客道：「聽說失主們已經告了官，還有人揭發高家莊就有這種強盜用的石灰，苗老四被當作共犯抓了起來。」

「啊？」沒想到還連累了外公。

「好，」小能拿定主意，「今晚我住在這裡，等他們來！」

小能又捏出幾樣玉器。

當天夜裡，四大盜果然來到小店門外。

饞如貓說：「聽說這家有不少上好的玉器。」

刁如鼠說：「那就全歸咱們了。」

猛如熊上前敲門，「咚咚咚」敲得很響，「我們是很厲害的強盜，快把玉器統統拿出來！」

屋裡應道：「東西放在桌上，你們進來拿吧！」

門沒關，一推就開了。

四大盜走進屋裡，迎面看見桌上有四件「東西」，都用布遮著。

猛如熊走在前面，先下手為強。他挑外形最大的一件，一掀蓋布——

他吃了一驚。這是一座玉石人像，五花大綁跪著。

人像的面貌、體型，竟跟猛如熊一模一樣，「可惜只有一點不像，我什麼時候被這樣綁過？」

猛如熊話音未落，小能從屋裡衝出，一把扭住猛如熊的胳膊，用手裡的繩子把他捆了個結結實實。最後按他跪倒在地，問他：「這下像了吧？」

一旁的饞如貓心想：「連猛如熊都強不過他，好漢不吃眼前虧。」

小能指著另一座蓋住的人像對饞如貓說：「這是你的，自己看看像不像？」

饞如貓趕緊作揖求饒：「不像就不像吧，可別綁我。」

小能說：「怎麼會不像呢？瞧！」一掀蓋布，果然饞如貓的玉像也在拱手作揖。

滑如鰍想溜，被小能一把抓住腳踝，跌了個嘴啃泥，額頭撞出一個大包。

小能對滑如鰍說：「我早為你準備了這一手，不信，看看你的像，額頭上也有一個包吧？」

終於輪到刁如鼠了。他小心翼翼地掀開蓋布，頓時嚇得他目瞪口呆——

他的人像竟……竟然沒有頭！

小能向刁如鼠解釋：「你是盜首，犯了殺頭罪，所以腦袋注定要搬家了。」

刁如鼠慌了：「求你千萬幫幫忙，我可不願意沒有腦袋！」

於是小能帶頭出門，後面跟著四大盜。

＊＊＊＊＊＊＊＊＊＊＊＊＊＊＊＊＊＊＊＊＊＊

被搶走首飾匣子的那一家，這天晚上又聽見敲門聲。

「咚咚咚！我們是強盜，把你們的匣子拿進去吧！」

丈夫正要去開門，妻子說：「哪有這種好事？別信他們。」

「可是我不想要門被撞壞。」

丈夫就去開了門，真的看見自家那匣子放在門口。

妻子說：「快打開看看，會不會是空匣子？」

丈夫打開匣子，仔仔細細地清點一遍。

妻子問：「少了什麼沒有？」

丈夫說：「沒想到，還多了一個豬鼻玉杯！」

這時小能帶著四大盜又來到老奶奶家。

賊們送還了戒指，小能又加送一個雞腿玉瓶。

「小能，謝謝你！」別提老奶奶多感激了，「可這怎麼辦？」她指指孫子的透明腮。

刁如鼠惶恐起來：「這是我刷的，但我不知道怎樣去掉！」

小能一時也拿不出好主意，但他安慰老奶奶：「您放心，我一定會找到辦法的。」

接著，小能和四大盜急急趕往縣衙門，「先去把我外公救出來，他是冤枉的。」

在監牢牆外，小能讓刁如鼠刷了點石灰，看見外公果真被關在裡面。

不管獄卒阻攔，小能帶

著四大盜闖進監牢。

外公說：「小能，你怎麼來啦？」

「外公，你不應該坐監牢。」

小能又對四大盜說：「你們就留在這兒吧。已經歸還了贓物，不用關多久就會放出來的。」

刁如鼠問：「要是他們硬要砍我們的頭怎麼辦？」

小能說：「不會砍的。要砍的話，我會來救你們。」

小能把外公送回高家莊，便又要離開。

「小能，你還要去哪兒？」

「還有一件『閒事』要管！」

小能提著灰漿桶駕雲出發。

路上遇見楊戩和他的狗，楊戩問小能去哪裡？

小能說：「這透明石灰沾上就去不掉，不知該向哪家神仙請教？」

「我知道，但不能隨便告訴你。」楊戩想要敲竹槓，「不知這石灰有何好處，你送些給我試試。」

小能說：「好，我給你試試，看你長顆什麼心！」邊說邊在楊戩的肚子上刷石灰。

轉眼間顯示出來——從衣服外面可以看到楊戩的心臟，「哈，果然是顆黑心！」楊戩急忙脫衣服。但脫光了也沒用，黑心脫不掉。為了去掉身上的透明石灰，楊戩只好說真話：「聽

說奇獸谷主那兒有隻去汙松鼠，能去除一切汙跡……」

於是小能又騎上打嗝青牛，帶上鸚鵡早知道，轉回牠們的奇獸谷。

早知道稱讚小能：「早知道你會做得很出色！」

小能說：「多謝誇獎。」

小能去奇獸谷借到去汙松鼠。那松鼠的尾巴只在透明腮男孩的臉上掃了一掃，便使男孩面貌如初。

祖孫二人千恩萬謝。

這時跑來一條狗，對著小能「汪汪」叫。

老奶奶說：「吵死了，走開！」

小能認出這是二郎神的哮天犬。「對了，還要去管一件閒事！」

小能跟著哮天犬，來到捂著心口的楊戩面前，讓去汙松鼠在楊戩身上施展奇術。

「你那黑心看不見了吧！」

「哈哈，看不見了！」

小能望著楊戩和狗駕雲歸去，搖頭說：「可惜，雖然看不見了，可還是黑心！」

哮天犬銜來紙條

小能從高家莊歸來，趕回天上。

快到南天門時，只見一朵載人飛雲被駕馭得歪歪斜斜，雲上四人嚇得戰戰兢兢。

小能想：「這幾人好面生，在天上從沒見過他們。」

正想著，那四人中一個背琴的招呼小能：「小仙長，向你問個路！」

小能便問：「你們是誰，要上哪兒去？」

背琴人道：「我叫巧嘴歌王，這是我兄弟。」

他的兄弟就說：「我叫空手財神，我們要找李天王。」

另一對是一胖一瘦，瘦的那位雙眼緊閉，靠在胖夥伴的身上。

胖子說：「我叫吃得多，我這位朋友叫睡得死。我們來找二郎神。」

吃得多介紹完畢，卻發現睡得死的帽子不見了。他看見這帽子已經戴在空手財神的頭上。

吃得多叫起來：「好哇，你偷帽子！」

空手財神說：「你又沒看見我

偷，怎能胡說？」

巧嘴歌王連忙替兄弟證明：「確實不是偷的，我作證。」

正吵鬧著，忽然這帽子從空手財神的頭上飛起，「撲」地落到吃得多的頭上。

「哈哈！」吃得多剛要高興——

帽子又飛到小能頭上。

吃得多火了，怒斥對方：「一定是你們使了魔法，想捉弄我們！」

「不，不是這樣的……」

這時，小能頭上的帽子裡發出聲音：「這幾個傢伙很可疑。我在暗暗跟蹤他們呢！」

小能聽出這是小聖的聲音，帽子是小聖變的。

小聖建議小能：「你就變成一把琴吧！」

「好。」

這樣，小聖變成的帽子又飛回睡得死頭上。小能呢，抽掉巧嘴歌王琴袋裡的琴，自己取而代之。

進了南天門，四人分成兩隊，你找你的朋友，我找我的親戚。小聖和小能也分在兩處，各自探聽。

小能在琴袋裡聽見外面說：「李天王，咱哥倆找您來啦！」

「李天王，上次的禮物夠意思吧？」

接著就是李天王壓低嗓門的警告：「別亂嚷！別把我收了禮物讓你們上天的事情說出去。」

「明白，明白！」

小能也明白了，他悄悄溜去找小聖。

正好小聖也在找小能：「我已經弄清楚，那兩個會吃會睡的傢伙是楊戩的親戚。」

小能說：「這種人也能上天當神仙？簡直是笑話！」

再說凌霄殿上，玉帝問王母：「蟠桃已熟，蟠桃會的請帖怎麼還沒發出？」

王母說：「如今天上神仙太多，瑤池都坐不下了。請誰好，不請誰好，我正為難呢！」

玉帝便叫侍臣取來仙籍摺子：「待朕親自指定。」

可是，以前仙籍摺子只有一本，現在被侍臣成堆地抱來，都快把玉帝埋住了。

玉帝嘟噥道：「照這樣下去，天上的神仙比地上的老鼠還要多了。」

見此情形，李天王出班獻計：「可以用考

試的辦法篩選一下，不合格的貶下凡塵，叫他們滾蛋。」

玉帝點點頭：「此計甚好。李天王，就命你主考。」

這下可忙壞了天郵使飛毛腿，他得挨家挨戶送通知。

第一家是巨靈神。

飛毛腿邊跑邊叫：「巨靈神，要考試啦！」

巨靈神一把抓住飛毛腿：「考什麼？告訴我！」

「我怎麼知道，快放開我！」飛毛腿在空中掙扎，「我還要給別家送通知呢！」

下一家是耳背的太上老君。

飛毛腿叫：「老君，要考試啦！」

「好吃？」老君問，「有什麼好吃的？」

「跟您說話，急死人！」

「借盞燈？你們家沒燈嗎？」

飛毛腿扔下通知往外跑：「我還有事呢，真要命！」

老君還在糾纏不清：「捉妖精？妖精在哪兒？」

這一天，九重天界所有的神仙都收到了考試通知。

八戒拿著通知對兒子們說：「是李天王主考，一定有鬼。」

小聖便和小能商議：「咱們跟去看看他怎麼個考法？」

於是一起前往考場。

考場上已經擠得水洩不通了。

「大家靜一靜，聽我說！」李天王高聲宣

布，「叫到誰的名字，誰就站出來。」

他先喊：「吃得多！」

吃得多應聲出列。

李天王問：「看你身軀雄偉，你有什麼本事？」

「我嗎？」吃得多大大咧咧的，「我就會吃。」

全場哄堂大笑。

李天王擺出威嚴：「哼，有能為神，有道為仙，像你這樣的飯桶草包豈能留在天庭！本主考官宣布——」

李天王正要下令驅逐，覺得小腿被碰了一下，低頭看，原來是二郎神的哮天犬銜來一張紙條。

李天王讀過紙條，態度和氣一些。

「哦，」他對吃得多說，「現在我宣布考題：請你當場顯一顯吃的本事。」

吃得多問：「吃自己的，還是吃公家的？」

李天王反問：「吃自己的怎麼樣？吃公家的又怎麼樣？」

吃得多說：「吃自己的，胃口有限；吃公家的，多多益善。」

「那麼，」李天王說，「為了讓你發揮最佳水準，就吃公家的吧——反正也不是吃我的。」

李天王便吩咐黃巾力士送上食物。

第一位力士頭頂巨碗，滿滿一碗飯；第二位力士脖子上套一個有孔的大餅；第三位力士像踩木球一樣踩著一個大西瓜上場……

只見那吃得多面不改色，來者不拒，風捲殘雲般吃得飯不剩粒，餅不餘渣，又一拳打開了大西瓜……

小聖悄悄擠到南極仙翁身邊。

小聖問仙翁：「您有沒有帶著『翻江倒海丸』？」

仙翁說：「倒是帶了一顆，你要它何用？」

小聖笑道：「出出那飯桶的洋相。」

吃得多正捧著西瓜吃得盡興，沒提防小聖將一粒極其細小的藥丸彈入他的口中。

「翻江倒海丸」一下肚，裡面立刻「咕嚕咕嚕」熱鬧起來。不僅是西瓜，連先前吞下的大餅、米飯也一同吐了出來。

「怎麼都吐出來了？」李天王不滿意，「真不爭氣！」

可吃得多除了剛才應付考試吃下的那幾樣，肚子裡還另有存貨。什麼玉米、帶魚、糖葫蘆、雞腿、牛腸、烤白薯，這時都滔滔不絕地朝外吐……

周銳作品集

幽默西遊之三：螢光金甲蒙面人

2011年8月初版　　定價：新臺幣270元

著者	周銳
繪圖	洪義男
發行人	林載爵
叢書主編	黃惠鈴
編輯	張倍菁
校對	趙蓓芬
整體設計	陳淑儀

出版者	聯經出版事業股份有限公司
地址	台北市基隆路一段180號4樓
編輯部地址	台北市基隆路一段180號4樓
叢書主編電話	(02)87876242轉213
台北忠孝門市：	台北市忠孝東路四段561號1樓
電話：	(02)27683708
台北新生門市：	台北市新生南路三段94號
電話：	(02)23620308
台中分公司：	台中市健行路321號
暨門市電話：	(04)22371234ext.5
高雄辦事處：	高雄市成功一路363號2樓
電話：	(07)2211234ext.5
郵政劃撥帳戶第0100559-3號	
郵撥電話：	27683708
印刷者	文聯彩色製版印刷有限公司
總經銷	聯合發行股份有限公司
發行所：	台北縣新店市寶橋路235巷6弄6號2樓
電話：	(02)29178022

行政院新聞局出版事業登記證局版臺業字第0130號

本書如有缺頁，破損，倒裝請寄回聯經忠孝門市更換。　　ISBN　978-957-08-3856-5 (平裝)
聯經網址：www.linkingbooks.com.tw
電子信箱：linking@udngroup.com

國家圖書館出版品預行編目資料

幽默西遊之三：螢光金甲蒙面人/
周銳著．洪義男繪圖．初版．臺北市．聯經．
2011年8月（民100年）．200面．14.8×21公分
（周銳作品集）

ISBN 978-957-08-3856-5（平裝）

859.6 100014839